ベリーズ文庫

敏腕パイロットとの偽装結婚はあきれるほど甘くて癖になる～一生、お前を離さない～

佐倉伊織

STARTS
スターツ出版株式会社

目次

敏腕パイロットとの偽装結婚はあきれるほど甘くて癖になる
～一生、お前を離さない～

敏腕パイロットとの偽装結婚は
あきれるほど甘くて癖になる
～一生、お前を離さない～

6

空港内を全力疾走⁉

「うわ、間に合う？」

私、逢坂成海《おうさかなるみ》は空の玄関、東京《とうきょう》国際空港――通称羽田《はねだ》空港第三ターミナルの中を全速力で駆け抜けていた。

大手『FJA航空』の子会社『FJAスカイサービス』でグランドスタッフとして働き始めて一年半。二十四歳になったばかりの私はまだまだ下っ端で、こうして駆けずり回っていることが多い。

今日は八時十五分発の台北《タイペイ》便の搭乗ゲートで、バッチリ笑顔を作って搭乗手続きを進めていた。しかし、八時少し前にゲートに姿を現した初老の夫婦の奥さまが真っ青な顔をしていたため近づいて声をかけた。

この夫婦は、先ほど私がチェックインカウンターでの手続きを担当した。仕事の都合で台湾《たいわん》に在住している息子夫婦に会いに行くと楽しそうに話していたのに、パスポートの入ったバッグを免税店の前のベンチに忘れてきてしまったと言う。

「一緒に取りに行きましょう」と提案したものの、国際線の最終搭乗時刻は出発の十分前と決まっている。しかも今回使っているのは、空港の端にある一〇六Aゲート。免税店まで遠く、杖をつく奥さまでは到底間に合わないと判断して代わりに走っているのだ。

絶対に間に合わせる！

震えながら旦那さまに失態を詫《わ》びていた奥さまをなんとか助けたい。

バッグが見つからない可能性も頭をよぎるが、今はあることを祈って行くしかない。

一応、徒競走はいつも一位だったけれど、パンプスにタイトスカートという姿では限界がある。それでも、まっすぐ前を見据えて手を振り走り続けた。

「あっ」

けれども……途中で右足のパンプスがスポンと脱げてしまい、立ち止まる。

勢いがつきすぎていたせいで、パンプスが落ちているのは数メートル後方だ。拾いに戻ろうとしたものの、靴より時間！と思い直した私は、もう片方も脱いで手に持つと再び走り始めた。

その直後、別の便のクルーたちとすれ違い、キャビンアテンダントが私を笑っているのがわかったけれど、足は止められなかった。

ようやく免税店前にたどり着いたが、聞いていた茶色のハンドバッグが見当たらない。

「嘘《うそ》……。どこ?」

ベンチはたくさんあり、乗客も大勢座っている。ベンチの間を回りながらバッグを捜していると、茶色のバッグがベンチの横の床にちょこんと置かれているのを見つけた。

「お客さま。失礼ですが、こちらのバッグはお客さまのものですか?」

そのベンチの端に座っていた人に声をかけると、パンプスを握りしめる私を不思議そうな顔で見つめながら「違います。ずっと置いてありますよ」と教えてくれた。

私は早速バッグを手にして、「失礼します」と声をかけてから中を覗《のぞ》く。お孫さんからもらったやっこさんの折り紙が入っていると奥さまが話していたからだ。

「これだ!」

ピンクのやっこさんを見つけたのがうれしすぎて大きな声が出てしまい、ハッと口を手で押さえて、近くの乗客に会釈してから再び走りだす。

あまりに勢いよく走っていくからか周囲の人たちの視線を感じるものの、〝もう五分前なの、許して!〟と心の中で叫びながら駆け抜けた。

「ありました!」

あと数メートルというところで、ベンチでうなだれている奥さまを見つけて声をあげる。

奥さまに乗れますよ！と伝えたのと同時に、搭乗ゲートの責任者――ゲートコントローラーの先輩にまだ閉めないで！のメッセージを送ったのだ。

ところが、最後の最後で足がもつれて、思いきり転んでしまった。

「ちょっ、逢坂さん？」

しまったと思ったけれど、先輩が駆けつけてくれる。

「バッグにパスポートが」

「了解」

私からバトンタッチした先輩は、笑顔で夫婦をシップ――飛行機の中へと誘導する。

奥さまは私のほうを見て深々と頭を下げてから、旦那さまとともに機内へと進んでいった。

私は起き上がりながら、ふたりの姿が小さくなっていくのを見つめる。

「セーフ」

ギリギリ間に合った。

「痛っ……」

膝を見ると、ストッキングが伝線していて、うっすらと血がにじんでいる。

まるでコントのような転び方だったなと自分であきれつつ、閉鎖されたゲートに向かった。

「逢坂さん」

「は、はいっ」

ゲートコントローラーの先輩は、間に合ったことを褒めてくれるのかと思いきや険しい顔だ。

「この制服を着ている間は、私たちはＦＪＡ航空の代表として働いているの。パックスを助けるのは素晴らしいけど、気品も大切にして。すぐに手当てしていらっしゃい」

「はい、すみません」

パックス、つまり乗客を搭乗させて定刻通りに飛行機を送り出すのが私たちグランドスタッフの仕事だ。もちろんなんでもかんでも押し込めばいいわけではなく、きちんとした身だしなみで、丁寧に、そして正確にという条件がつく。

ところが今の私は、シニヨンに整えた髪が今にもほどけそうになっているうえ、ストッキングは伝線し、血まで流しているのだからとても合格はもらえない。

わかってはいるんだけど、間に合ったんだから見逃してよ。という心の声を呑《の》み込んで、オフィスへと急ぐ。

そのとき、大きな窓から先ほどの夫婦を乗せた飛行機がゆっくりと動きだしたのが見えた。赤や黄色に色づき始めている遠くの山々をバックに進むそれは、とても絵になる。

「もう、戻ってこないでよ」

ぼそりとつぶやく。

冷たい言い方かもしれないけれど、これはグランドスタッフだけでなく、整備士、グランドハンドリング等々この飛行機を飛ばすために働いているスタッフの総意だ。戻ってくるとすれば、なにかの不具合が生じたときなので、その後の対処が必要になる。

私は飛行機に向かって軽く右手を振る。

「あ……」

そのとき、ふと左手に握りしめたままのパンプスに気がついた。

窮屈なパンプスで走り回るのが苦手な私は、素足が心地よすぎてすっかり頭から飛んでいたのだが、もう片方はどこに行った？

オフィスに戻る前に捜さなくては。

脱げた辺りでキョロキョロ見回すと、窓際にポツンと残されているのに気がつき歩み寄る。

「よかった、あった」

といっても、使いすぎてヒールのゴムが擦れている片方だけのパンプスなんて誰も欲しくはないだろう。

誰かがよけておいてくれたのかなと思い近づくと、パンプスの中にメモ用紙を発見した。

「なに、これ」

ふたつに折りたたまれていたそれを広げる。

【May Lady Luck smile on you】

「幸運の女神があなたに微笑みますように……って」

なんて素敵な言葉かしら。

ゲートコントローラーに苦言を呈されたばかりだったが、自然と口角が上がる。

私はそのメモをポケットにしまったあとパンプスを履き、オフィスに向かった。

軟派な整備士の熱い想い

空港で働くグランドスタッフは、一見華やかな職業だが意外と過酷だ。

カウンター業務では重い荷物をいくつも預かり、それを運ばなくてはならない。そのため、華奢《きゃしゃ》に見える人でも筋肉質だったりするし、腰痛持ちが多いという切実な悩みもある。私もその中のひとりだ。

パンプス事件から二週間。

今日は早番で、六時二十分発の便に合わせて、四時三十分に空港に到着した。家が遠くて通勤に一時間ほどかかるため、起きたのは三時。顔を洗ったあと、緩いパーマのかかった長い髪を夜会巻きに整え、化粧もしっかりした。

キャビンアテンダントやグランドスタッフは、髪型やメイクについて厳しく指導されるのだが、今では数分で整えられるようになっている。慣れってすごい。

すさまじい勢いで身支度を整え、三時二十分の迎えのタクシーに乗り込んで再び目を閉じた。タクシーにはほかのグランドスタッフも相乗りするのだけれど、乗り込んできたことに気がつかないほどぐっすり眠っていた。

空港に到着すると、早速更衣室で制服に着替え始める。

我がFJA航空のグランドスタッフの制服は、濃紺のジャケットに淡いブルーのシャツ。下は同じく濃紺のタイトスカート、もしくはパンツ。そして、鮮やかなブルーのラインが入ったスカーフが目印だ。

このスカーフの結び方はアレンジが許されていて、各々少しずつ違う。

ちなみに、単純にリボン巻きにしているときは時間がなかった場合が多い。余裕があった今日は、カーネーション巻きと呼ばれている華やかな結び方にした。

そのあとバッグに忍ばせてある栄養補助食品のクッキーをむしゃむしゃと頬張る。缶コーヒーで胃に流し込み、それからブリーフィング。これは打ち合わせのようなもので、今日同じ業務につくグランドスタッフ同士で行われる。ここでアサイン——自分の役割を確認するのだ。

続けて、天候、そして搭乗予定者数、車いすなどの配慮がいる乗客がいるかどうかなどを細かくチェックする。

あっという間に終わるブリーフィングだが、重要な要素が詰まっているため何度経験しても緊張感が拭えない。

そしてトーキーと呼ばれる小型無線機を持ち、業務開始だ。

このトーキーはグランドスタッフだけでなく、飛行機の誘導、荷物の搭載や汚水処理などを担当するグランドハンドリング——通称グラハンスタッフともつながっていて、専門用語が飛び交っている。

新人の頃はさっぱり解読できず、何度も先輩に質問しては『そんなこともわからないの?』とお叱りを受けていた。

『FJ205便リメイン一名です。座席番号二十二のジョージです』なんて言われても、新人の頭の中はクエスチョンマークだらけなのだ。でも、忙しくてピリピリしている先輩たちは親切には教えてくれない。ひたすら覚えるしかない。

私がそれを聞いたのは、グランドスタッフ業務についた初日。205便の座席番号二十二にジョージさんが予約しているということだと思ったのだがまったく違い、〝205便、未搭乗者は一名です。座席番号二十二のGの方です〟という意味で、ジョージは人名ではなくアルファベットのGを指すのだと知った。

聞き間違いを防ぐためフォネティックコードというものがあり、Aはアルファ、Bはブラボーと読むのだけれど、ブラボーなんて言われたら、褒められていると思うよ、普通。

ちなみに国際線ではAをエイブルと読むエイブルベーカーを使うこともあるため、

新人はまずこれを覚えないと仕事にならない。

今日の最初の仕事は、チケットを発券したり搭乗手続きしたりするチェックインカウンター業務だ。担当するのはシンガポール便。総座席数三百六十九席のエアバスA350―900が飛ぶ。

FJA航空が初投入してから三年ほどの機種で、実は私も乗った経験がない。ファーストクラスだけでなく、全クラス新デザインだ。すべてのシートに個人用モニターがあり、座り心地にこだわり抜いたシートが快適なのだとか。いつかは乗ってみたいと、楽しみにしている。

そんな飛行機を間近でいつも見られるこの仕事は、飛行機フェチの私にはたまらない職場なのだが、仕事中はなかなか殺伐としている。

カウンターをオープンすると、待ち構えていた乗客が一斉になだれ込んできた。

「お荷物はこちらに置いてください」

預けられる荷物はファーストクラスで三十二キロ、エコノミーは二十三キロまで無料と決まっている。ほかにも個数や大きさの制限があり、それを超えると重量超過手荷物料金が発生する。

このカウンター業務ではそれが問題になるのもしばしばで、いつも頭が痛い。

手続きを待つ乗客の中に大量の荷物を持った若い男性がいて、どうかあの乗客に当たりませんようにと心の中で願った。荷物が多いとトラブルになりやすいので、できれば避けたいのが本音なのだ。

私が発券していると、隣のカウンターで同じ作業をしていた先輩が、妙にゆったりと小学生くらいのお子さんとの会話を楽しんでいる。

これは……わざと？と勘繰るのは、次が大量の荷物を持つ男性客だからだ。

「次の方、どうぞ」

私が満面の笑みで迎えたのは、その乗客。予想は外れていなかったようで、隣の先輩は私が案内したあと即座に会話を切り、次の乗客を呼んだ。

はぁー、と心の中で盛大なため息をつくものの、もちろん顔には出さない。これも業務だといつも通りの対応をする。

「こちらのお荷物ですが、重量がオーバーしております。重量の超過料金として六千円。エコノミーご搭乗のお客さまはふたつまで無料なのですが、お客さまは三つございますのでさらに一万円ちょうだいします」

笑顔を崩さず言ったが、乗客はあからさまに顔をしかめる。

「一万六千円払えって？　そんなの知らなかったんだから、なんとかしてよ」

いやいや、調べておいてよ。とつっこみたいところだが、ぐっとこらえて口角を上げる。

「申し訳ございません。規則ですので」

「はぁ？　それじゃあ、これをこっちに押し込むよ」

「承知しました。ですが重量オーバーとなりますので、六千円は追加になります。おふたつで一万二千円です」

そもそもふたつに押し込めるのかあやしいと思ったけれど、できると言うならしてもらおう。ただ、重さはごまかせない。

「六千円でなんとかしろよ！」

「申し訳ございません。できません」

私のほうが何度も謝らなければならないのが腑《ふ》に落ちないが、定刻通りに飛行機を送り出すのが私たちの仕事。ここで事が大きくなってカウンター業務に支障が出ると、このあとが大変だ。穏便に済ませたい。

「前はなんとかしてくれたぞ」

引き下がろうとしない男性は、怒りの形相でつっかかってくる。

なんとかって、何百グラムならまだしも、五キロ以上の超過をどうごまかせと？

無茶にもほどがある。

「お支払いいただけませんでしょうか？」

私はもう一度支払いを求めた。

「はー、無理。乗せてくれるまでここを動かない」

いい大人なんだから素直に払ってよ！　動かないのは勝手だけれど、飛行機は時刻通りに飛んでいく。乗れないだけよ。

心の中で悪態をつくも、うしろにまだ行列ができているので放置しておくわけにもいかない。どうしよう……と思ったそのとき、カウンターの奥で仕事をしていたこの便の責任者、デパーチャーコントローラーの先輩がつかつかと歩み寄ってきた。

「申し訳ございませんがこれは規則でございます。どなたにも公平にお支払いいただいておりますので、どうしてもご無理ということでしたら搭乗のキャンセルをお願いします」

凛々《りり》しい表情で毅然《きぜん》と告げている。隣の私は小さくうなずきながらも、自然と背筋が伸びていた。

〝お客さまは神さま〟という時代もあったようだが、迷惑をかける人を断る権利だってある。ただ、それが簡単にできないので苦労しているのだけれど。

「わかり、ました」

先輩の言葉が効いたらしく、男性客は渋々ながらも超過料金を支払ってくれた。

その後は待たされていた乗客から「遅い」と何度も叱られ、頭を下げながらパスポートチェックを続ける。

「お預けの荷物に貴重品、危険物はございませんか？　モバイルバッテリーもお預かりできません」

何度も同じ確認をするが、安全のためには仕方がない。のどの渇きを覚えつつも必死に働いた。

カウンターでの手続きが済めば仕事終了……となるわけではない。この便は搭乗ゲートも担当なので急いで向かう。そして、先に到着していた先輩たちと合流して仕事を始めた。

「お待たせいたしました。ＦＪＡ航空にてシンガポールへご出発のお客さまにご案内いたします。ＦＪＡ航空１５２便、シンガポール行きはすべてのお客さまを機内へとご案内いたします。Ladies and Gentlemen. Thank you for waiting. FJA Airlines flight 152 bound for Singapore is now ready for boarding.」

ゲートコントローラーが日本語に続けて、流暢《りゅうちょう》な英語で案内をする。そうすると大量の搭乗者が列をなすため、改めてチケットとパスポートの確認をしながら機内へと導いていく。

先ほど荷物でごねた男性の姿が見えて逃げ出したい気持ちになったものの、口角は上げたまま。乗客の前で暗い顔はできない。またFJA航空を使いたいと思ってもらえるようにしなければ。

「パスポートを拝見します」

男性の番になり緊張が走る。

「またチェックかよ」

ぼそりとつぶやかれて肝が冷えたが、素直に見せてくれたので助かった。

「行ってらっしゃいませ」

ゲートではもめることなく、ひと安心だ。

この便では幸い遅れてくる乗客はおらず、定刻通りに飛行機を送り出すことができた。

「お疲れさま」

「お疲れさまでした」

てきぱきと後片づけをしてグランドスタッフ同士で挨拶をする。

一旦オフィスに引き上げようとすると、デパーチャーコントローラーに呼び止められてしまった。

「逢坂さん」

「はい」

「あなた、どれだけパックスを待たせたら気が済むの？　あなたのせいでディレイになったら大問題よ」

「申し訳ありません。気をつけます」

ディレイ、つまり遅延するということなのだが、大げさなようでその通りだった。

多くのスタッフが定刻通りに飛行機を送り出すために必死になるが、実は遅延は珍しくない。天候不順や空港混雑、整備の遅れなど理由は様々で、ときには何時間も遅れたり欠航になったりするケースもある。安全な飛行のためならば許されるけれど、グランドスタッフの対応が下手だったからなんて言い訳できないのだ。

反省していたところに大きな雷が落とされて、かなりへこむ。でも、今日の業務はこれで終わりではない。もう二度と同じ失敗はしないと気合を入れ直した。

その後は特に混乱もなく、無事に一日が終了した。といっても早番の私が帰れるだけで、空港はまだまだにぎわっている。

帰りの電車に乗るためオフィスから駅に向かう間、ずっと今日の反省をしていた。

「申し訳ございませんがこれは規則でございます。どなたにも公平にお支払いいただいておりますので、どうしてもご無理ということでしたら搭乗のキャンセルをお願いします」

無茶な要望に毅然と対処した先輩の言葉を何度も繰り返す。今度は絶対に自分で断ってみせる。どんなにすごまれてもひるまない！

自分に何度も言い聞かせて気持ちを鼓舞したあと、もう一度。

「申し訳ございませんがこれは規則でございます。どなたにも公平にお支払いいただいておりますので、どうしてもご無理ということでしたら――」

「搭乗のキャンセルをお願いします」

「えっ？」

突然うしろから男性に声をかぶせられ、足を止めて振り返った。

「シンデレラさん、疲れてる？」

「シンデレラ？」

目の前にいるのは、すらっとした背の高い美男子だ。

前髪は長めだがサラサラの黒い髪は清潔感が漂っていて、好印象。アーモンド形の大きな目はうらやましいほどぱっちりとしていて、鼻筋も通っている。思わずまじまじと観察してしまうような素敵な男性だった。

「そう。全力疾走のシンデレラ、幸運の女神は来た？」

「あっ、あのメモの？」

脱げたパンプスにメモを入れておいてくれた人？

彼は肯定しないものの、笑っている。おそらく間違いない。

「あのメッセージ、すごくうれしかったです。もっと上品にしなさいと叱られたんですけど、あれを読んだら元気が出ました。って、見てたんですね」

全力疾走と言うからには、なりふり構わず走っていたところを、いやもしかしたらパンプスが脱げた瞬間を目撃したのだろう。

「バッチリ。戻って履くのかと思いきや、もう片方も脱いで走るとは意外だった」

彼は右の口角を上げる。

せっかくこんないい男にシンデレラと言ってもらえてテンションが上がりかけていたのに、特にいい意味ではなかったようだ。脱げたパンプスを残して去った行為がシンデレラの物語と同じだっただけ。

「あー」

恥ずかしくて、落胆の声が漏れた。

「それで、パックスは間に合った？」

「えっ？」

「パックスを捜してたんだろ？」

乗客をパックスと言うこの人は、関係者？

「いえ。パックスはゲートにいらっしゃったんですけど、パスポートの入ったバッグをお忘れになって」

「それで代わりに走ったんだ」

「はい。……あの、職員の方ですか？」

白いシャツにトレンチコート姿の彼は、内勤業務の人かしら？

「そんなとこ」

「どちらの所属ですか？」

「えーっと……整備」

整備士なの？

なぜか答えるまでに間があったが、整備士と聞いてテンションが上がる。

「すごい」

「すごい？　そう。ありがと」

「ラインですか？　ううん、ドック？　それともショップ？」

食いつくと、彼は少し驚いた顔をしている。

整備士にも担当がいろいろあり、ラインは着陸後、次の出発までに航空機の点検や整備を行う整備士。ドックは格納庫で行うわりと大がかりな整備を担当する。ショップはエンジン等々の部品を取り外し、精密な点検を行う。

「B777《トリプルセブン》のドックかな」

「B777！」

ボーイング777──通称トリプルセブンは、大型の旅客機だ。最近は減りつつあるが、就航当初はこの飛行機見たさに空港にファンが押し寄せたとか。

私も大好きな飛行機なので、つい声が大きくなった。

「あれ、マニア？」

「どの旅客機も好きなんですけどね」

「ふーん。名前は？」

「逢坂です。逢坂成海」

あっさり答えると、なぜか彼は顔をしかめた。

「逢坂さんさ、グランドスタッフやキャビンアテンダントを狙ってる輩も多いから、そんなに簡単に名前を教えるものじゃないぞ」

あなたが聞いたんでしょ？

「整備士さんだって言うから……」

「嘘かもしれないだろ？」

その通りだけれど、私はなにを試されているの？

「という忠告は置いておいて、俺は月島一輝《つきしまかずき》。逢坂さん、明日も早番？」

「いえ。明日は遅番です」

グランドスタッフは、基本四勤二休制。早番が二日あり、次は遅番二日、そして休日が二日となる。

「そっか。昼飯食った？　俺、食い損ねたんだよね。付き合わない？」

名前を簡単に教えるなと言っているくせして、誘っているの？

忙しくて菓子パンをかじっただけだったので、食べに行きたいのはやまやまだ。けれども答えずに警戒の眼差しを送ると、彼はクスクス笑う。

「学習したらしいね。嫌ならいいけど。B777の話もできるかなと思った——」

「行きます！」

あぁ、私って単純。

でも、飛行機の話をしている時間が一番楽しいのだ。

グランドスタッフ仲間は飛行機よりパイロットに興味がある人が多くて、マニアックな会話に付き合ってくれる人はほとんどいない。

「よし、決まり。タクシーで行くか」

「えっ……」

早朝や深夜で電車が動いておらず会社から交通費を出してもらえるとき以外は電車なのに、少し強引にタクシーに乗せられた。

「俺の知ってる店でいい？」

「……はい」

タクシーに乗っておいてなんだけど、やっぱりちょっと警戒心が働く。彼が運転手に行き先を指示した様子をいぶかしげに見ていた。

「無理やり食ったりしないから心配するな」

「く、食ったり？」

とんでもない発言に声が裏返る。

「あぁ、逢坂さんの分まで食べないってこと。逢坂さんは違う想像をしてたみたいだけど」

にやりと笑われて顔から火を噴きそうだ。

「まあ、持ち帰りたくなったら持ち帰るかもしれないけど」

「は？」

「土産《みやげ》の話ね」

この人、絶対に私をからかって面白がっている。

「私、帰ります」

「冗談だ。こういう話にのれないって、男性経験少ない？」

その通りだけれど、認めるのは悔しい。

「す、少なくないです。行きましょう」

「そうこないと」

あれ……うまく乗せられた？

口を開けば開くほど墓穴を掘っているような気がして、それからは黙っていた。

空港の職員なのは間違いなさそうだし、なにかあったら訴えてやる！

タクシーが到着したのは、落ち着いた雰囲気のフレンチレストランだった。あやしげな店ならそのままタクシーで逃走しようと思っていたが、少し意外だ。

店内に入ると、蝶《ちょう》ネクタイに黒いベスト。そしてギャルソンエプロン姿の四十代くらいのダンディなウエイターが出迎えてくれた。

「いらっしゃいませ」

ウエイターは背筋を伸ばしたまま丁寧に腰を折る。洗練された所作に釘づけになるのは、グランドスタッフがそうした立ち居振る舞いに気を使わなければならない職業だからだ。ところが重い荷物を運んだり、走り回ったりしているうちに頭から飛んでしまう。

コートを預けると、黒いスラックスをはいた月島さんのスタイルのよさが際立った。脚は長いし、逆三角形の体つき。鍛えているのだろうなと思わせる。

月島さんは私の背中を押してエスコートしてくれた。動作がスマートだ。

窓際の席に着いた私たちは、早速メニューを広げた。

うーん。なにを頼んだらいいの?

普段居酒屋とファミリーレストランくらいしか利用しないので、こんな高級店ではどう振る舞ったらいいのかよくわからない。しかも、メニューに価格がないのが気になる。払えるかしら、私。

「どうした？」

「こんなすごいお店だと思ってなかったので、その……」

「なるほど。俺が誘ったからおごるぞ。嫌いなものは？」

おごってくれるの？

「ありません」

「了解。飲める？」

「少しは」

彼は私に確認したあとウエイターを呼び、慣れた様子で注文を済ませた。私はその間、またしてもウエイターに釘づけ。歩き方から注文の取り方、言葉遣い、すべてが参考になる。

「あのさ」

「はい」

去っていくウエイターを目で追っていると、月島さんに話しかけられて生返事をした。

「連れてきたの俺なんだけど、あの人と飯食いたい感じ？」

「ち、違いますよ。振る舞いが参考になるなと思って」

とんでもない誤解をされて慌てて否定する。すると彼は、少し驚いたような顔をした。

「異業種の人も参考にするのか」

「そうですね。なんでも勉強だと思ってます」

「すごいね、逢坂さん。思った通りの人だった」

思った通りとは？

「すごくはないです。できてないので」

「そうだな」

自分で口にしておいてなんだけど、あっさり肯定されるとなんとも言えない気持ちになる。

「すみませんね。あの日、ずっと見てました？」

「俺も仕事があるからずっとじゃない。パンプスが飛んだときだけ」

飛んだときだけって、決定的瞬間に居合わせたのか。

でも整備士があのフロアにいたの？

「お恥ずかしいです。忘れてください」

「無理に決まってるだろ。あんな強烈な光景」

嘘でも忘れると言ってほしかったのに！

でも、強烈に記憶に残るのは間違いない。私だって一生忘れられそうにないもの。

「あははは……」

曖昧に笑ってごまかしたあと、彼がアペリティフとして頼んでくれたシャンパンで乾杯した。

「仕事の成功に乾杯」

「乾杯」

ひと口のどに送りながら、今日の仕事は成功だったのだろうかなんて考えてしまう。

「難しい顔だな」

「すみません。毎日叱られているので」

「グランドスタッフの上のほう、厳しいだろ」

素直に大きくうなずいたあとで、しまったと慌てる。

「いえっ、私がうまくできないのがいけないのであって、先輩方は指導してくださっているだけで……」

「が建前。本音は、もう少し優しく教えてくれればいいのに！ってところか」

勝手に心の中を読まないで。図星を指されて目が泳ぐ。

「逢坂さん、顔に出すぎ」

彼はおかしそうに肩を揺らす。

「もー」

「でもその通りなんだよな。CAもストレス発散を後輩でするなと思うときはある」

『やっぱり?』と言いそうになり、とどまった。

乗客からのクレームを日々浴びる職業ゆえ、ストレスはたまる。それを私たち後輩で解消してる?と思えるときも多々あるのだ。

「CAさんもよくご存じですか?」

ドック整備士だと、それほど接点はないような。ライン整備士は飛行中の不具合の聞き取りをキャビンアテンダントにしたり、点検のあとサインをしてパイロットに飛行機を託したりするため毎日顔を合わせているはずだけど。

「まあ、それなりに」

彼は濁してシャンパンを口にした。これは、元カノでもいそうな雰囲気だ。

運ばれてきた前菜は、アボカドとサーモン、そしてトマトのミルフィーユ仕立て。芸術品のようにきれいに盛りつけられているそれにフォークを入れるのがもったいなくて、しばらく眺めていた。

「食べないの？」

「いえ、いただきます」

パクッと口に入れるとバルサミコ風味のソースが絶品で、頬が落ちそうになる。

「あー、おいしい。幸せ」

「これくらいで？」

「もちろん」

月島さんは笑っているけれど、毎日のように叱られる生活でも、こうしたちょっとしたご褒美があると頑張れるのだ。

「逢坂さんって、真面目なんだろうね」

「そうでしょうか」

自分ではよくわからない。

「いつも走ってるだろ。ほかのグランドスタッフも走り回ってるんだろうけど、圧倒的に逢坂さんのそういう姿に遭遇する確率が高い」

「え……」

もしや醜態を目撃されたのは、パンプスが飛んだときだけではないの？　別の失態も見られてる？

「あのー、なに見ました？」

「なにって、いろいろ」

含み笑いをする彼は、そのときの光景を思い出しているのだろうか。一方私は、思い当たることがありすぎてどれを見られていたのかわからず、絶望的な気分になる。

「あぁ……」

「まあ、いいじゃないか。今日は飲んで」

素面《しらふ》では恥ずかしすぎるので、昼間でも酔ってしまいたい。でも、明日も勤務だし
ほどほどにしておかなければ。

「はい。もう少しだけいただきます」

私は再びシャンパンを口にした。

スープのあとに出てきた真鯛《まだい》のポワレは優しい味で、頬が緩む。

「これもおいしい。って、語彙少ないですね、私」

さっきからおいしいしか言ってない。

「評論家じゃあるまいし、うまいものはうまいでいいだろ。乗客に、ランディングが
どうかと分析されるより、〝楽しかった、また乗りたい〟という言葉をかけてもらっ

たほうがうれしいだろ？」

「たしかに」

「ゴーアラウンドをするとパイロットが下手だからだと言う客もいるが、大切なのは無事に着陸させることだ」

彼は熱く語りだした。

さすがは整備士。なかなかくわしい。

ゴーアラウンドは、視界不良や悪天候、風向、風速の急激な変化などの理由で安全に着陸できないと判断したときに、着陸を断念してやり直すことだ。ちなみにごくまれではあるが、乗客がトイレに立って着席していないという理由のときもあるとか。

「ゴーアラウンドすると、乗客としては不安になりますけど、不安をなくすための行為ですもんね」

天気が大荒れの日は決して珍しくない光景だが、偶然風が治まり一度の試みで着陸できる旅客機も存在するため、そんなふうに言う乗客がいると聞いたことがある。

「一パーセントでも事故の可能性があるなら、勇気をもってやり直すべきだ」

「そうですね」

私はもちろん旅客機の操縦についてなんてまったくわからないが、空港で働く者全員が、安全な飛行のために心を砕いている。もちろん月島さんたち整備士も重要な役割を負っているはずだ。

彼の熱さ、好きかも。プライドを持って仕事をしているという感じが伝わってきて、気持ちがいい。私もへこんでばかりいないで頑張らないと。

危険人物扱いしてごめんなさい。

私は心の中で謝った。

シンデレラは飛行機フェチ　Ｓｉｄｅ月島

パンプスは履くものだと思っていた。しかし、持って走るという方法があるのを初めて知った。

勢いよく駆けてきたグランドスタッフが、脱げたパンプスに視線を送り思いきり顔をゆがめた瞬間、周囲にいたキャビンアテンダントは一斉に失笑を漏らした。ここが空港ではなく制服を着ていなければ、腹を抱えて大笑いしていたに違いない。

さらには、脱げたパンプスはあきらめ、もう片方を持って再び走りだした彼女に「なにあの人」「正気？」という陰口が広がった。

しかし俺は、そのグランドスタッフに見覚えがあり、彼女らしいなとにやついてしまった。

搭乗時刻が迫っているのにゲートに現れない乗客を捜しているに違いない。こうした場合、どこかのベンチで寝てしまっていたり、免税品を買うのに夢中になっていたりするケースが多い。

なかなかすさまじい勢いだったが、そろそろゲートクローズになる便がある。普通なら乗客にあきらめてもらうところだが、彼女は最後の一秒まであきらめないタイプなのだろう。

まあ、出国手続きをしたあとそれを取り消すのは面倒なので、グランドスタッフとしてもしたくはない作業だと知っている。でも彼女の場合、自分が面倒だからではなく乗客をなんとか乗せてあげたい一心な気がするのだ。

俺はポツンと残されたパンプスを端によけ、彼女へのメッセージをしたためたメモを残した。

まさに全速力というようななりふり構わない走り方では、上司に叱られるはずだ。けれども、乗客のためにあれだけのパワーを出せる彼女には、幸運が巡ってきてほしいと思ったのだ。

「頑張れよ」

俺はパンプスに向かってつぶやいてから仕事に戻った。

彼女を見たのは何度目だったか。

最初は、激しくしゃくりあげる幼稚園児くらいの男の子を必死になだめていた。

チェックインカウンターの近くだったこともあり、親が手続き中に迷子になったのだろうと思い通り過ぎようとしたが、『飛行機見えた？　いつか乗れるといいね』と彼女が話すのを聞いて、ただ空港に飛行機を見に来ただけの子なのだと知った。

乗客の相手だけでもてんてこ舞いのグランドスタッフが、乗客ではない迷子を相手にする必要はない。言うなれば、完全なるボランティアだ。

案内カウンターの職員に引き渡せばそれで済むのに、彼女は男の子の手を引いて母親を捜し始めたからびっくりだった。

俺は時間もなくその場を立ち去ってしまったが、おそらく保護者が見つかるまで付き合っただろう。

時間的に早番の勤務を終えたあとだったのかもしれない。それならばますますボランティアだ。それでも迷惑そうな顔ひとつせず、床に膝をつき優しく話しかける様子はグランドスタッフの鏡のようだった。

二度目はチェックインカウンターで。ほとんど手続きが終わった頃、とあるグランドスタッフが乗客となにやらもめていた。

そのとき、ほかの仲間は知らないふりをして片づけをしているのに、彼女だけはすぐに近寄っていって会話に加わった。

どうも日本語も英語も通じなかったらしく、彼女は大きな身振り手振りで意思の疎通を図っている様子だった。さらには紙に絵を描いて説明していたようで、俺の横を通り過ぎたグランドスタッフが「あの棒人間でわかるのかしら。満席でゴーショーなんて、手でバツを作っておけば済むじゃない」と話しているのが聞こえてきた。

ゴーショー、つまりあの乗客は予約なしで空港に来て搭乗しようとしていたのだ。その場合、空席があったりキャンセルが出たりすれば搭乗可能だが、カウンターを閉めた時点で満席ならば難しい。

その場合は、〝乗れません〟のひと言で断り、カウンターを閉めるのが普通だ。でも彼女は、乗れなくて肩を落とす乗客に慰めの言葉をかけていたのではないだろうか。

グランドスタッフは、理不尽な要求をされて罵声を浴びるのも珍しくはない。だからか常にストレスがたまっている者も多く、ときには不機嫌な顔で接客している姿もある。それなのに彼女は、いつも笑顔で乗客の視点に立って仕事をこなしているのだ。

……全力疾走しているときだけは、さすがに笑顔はなかったが。

そんな彼女のことがずっと気になっていたものの、俺も忙しい毎日を送っているため話すチャンスはなかなかない。

しかし、仕事が終わったらしい彼女がなにやらぶつぶつ唱えながら目の前を歩いていくのを見つけ、思わず追いかけた。そして食事に誘ったのだ。

どこに行くか迷って、行きつけのフレンチレストランに決めた。

このレストランは落ち着いた雰囲気でリラックスできるし、料理の質のわりにはリーズナブルでかなり気に入っている。

ここには同僚の岸本《きしもと》とは時々来るが、女を連れてきたことはない。別れたあと、この店に来られなくなるのが嫌だからだ。

それなのに彼女を連れてくる気になったのがどうしてなのか、自分でもよくわからなかった。

どうやら飛行機マニアらしい逢坂さんは、俺がＢ７７７のドックだと言うと食いついてきた。

整備に興味があるグランドスタッフに会ったのは初めてだ。飛行機マニアはキャビンアテンダントにもたくさんいるが、せいぜい機種やその特徴くらいで、整備や構造について興味がある者なんて皆無だ。彼女はとても珍しい。

「シップの翼ってしなるじゃないですか。あれ、時々心配になっちゃうんですけど大丈夫なんですか？　って、大丈夫じゃなかったら飛ばないか」

身を乗り出して質問してくる逢坂さんの目が輝いていて、頬が緩む。俺も飛行機マニアだからだ。

「もちろん大丈夫だ。逆にしなやかさがないと折れてしまうし、乗り心地も悪くなる。でも、設計段階で壊れるまでテストをしているから心配ない。翼のつき方が機種によって違うのは知ってる?」

「いえ、知りません」

「B777はより平行に近い。中にはもっと上がっている機種もある」

「そうなんですか⁉ 明日、チェックしてみます」

楽しそうにシャンパンを口に運ぶ彼女は、本当に飛行機が好きなようだ。

それからしばらく飛行機談義に花を咲かせた。

話が弾んでいる間に、メインのリブアイのステーキが出てきた。これは俺の好物だ。脂と赤身のバランスが絶妙で、いくらでも食べられる。

ステーキにナイフを入れると、彼女はもうすでに口に運んでいて「おいしーい」と至福の表情を見せた。

こうしたレストランに女を連れてくると、すました顔して黙々と食べ進むヤツも多いが、彼女のように素直に感想を漏らすほうがずっといい。俺も笑顔になれる。

「この肉は、牛一頭からほんのわずかしか取れないんだ。特に和牛は貴重らしい」

「そんなすごいお肉を食べられるなんて、やっぱり幸せ。あっ、でもこんなに貴重なお肉をおごっていただいても大丈夫ですか？」

グランドスタッフはＦＪＡ航空の子会社に所属していて、仕事の大変さに比して給料は高くない。整備士も然りで、有能な技術者の集まりのわりには、待遇はさほどよくないのだとか。だからか彼女は俺の懐の心配をしている。

「心配するな。食い逃げはしない」

「逃げるとは思ってませんけど」

クスッと笑う彼女は表情が豊かで、すごく素直なのだと思う。今まで俺の周りにはいなかったタイプだ。

「もう一生食べられないかもしれないから、しっかり味わわなくちゃ」

「そんなに好きならまた連れてきてやるよ」

「社交辞令でもうれしいです」

社交辞令じゃないんだけどな。

俺は彼女が幸せそうに肉を頬張る姿をこっそり盗み見しながら、ナイフを動かした。

「グランドスタッフで逢坂さんみたいな飛行機好きは珍しくないか？　パイロット好きは多いけど」

「そうですね。飛行機が好きな人はいますけど、見た目くらいでエンジンがどうとかという話にはなりません。それと、パイロット好きが多いのはビンゴです。メチャクチャ狙ってます」

　あぁ、目に浮かぶ。

　パイロットになるには、入社後一定の期間、地上勤務を命じられる。そのとき、グランドスタッフとして働く者もいるが、パイロットの卵だと知られると告白の嵐なのだとか。

　ただ、付き合い始めたとしても、その後はアメリカやドイツでの厳しい訓練が待っていて連絡を取れなくなるため、自然消滅することが多いようだが。

「逢坂さんも？」

「私は断然整備士さんなんです。あの巨大な鉄の塊を空に飛ばすなんてロマンがあるでしょ。それに複雑なエンジンの故障を直しちゃうんですよ。乗客や乗員の命を背負いながらプロの仕事をする整備士さんは、本当にかっこいい」

　俺が整備士だと言ったから、気を使っているのだろうか。

「だけど、彼氏にするならパイロットだろ？」

「いいえ。手を油まみれにして黙々と働いている整備士さんがかっこいいんですよ。……あっ、一般論です」

俺を整備士だと思っている彼女は、急に頬を赤くして一般論だと付け足す。

「なるほどね。俺は圏外だと念を押してるわけか」

「ち、違いますよ。なんだか告白したみたいだったから」

必死に言い訳をする彼女がかわいらしい。でも、もう少しいじめたい。

「告白したくないってことだな」

「さっき会ったばかりなのに、告白もなにもないでしょう？」

どうやら男にはまったく免疫がなさそうだな。サラッと流せばいいのにムキになって反論してくる逢坂さんの目がキョロキョロ泳ぐ。

「ひと目惚れすることだってあるだろ？」

「そりゃあ、月島さんはかっこいいですけど、見た目だけで告白したりしません！」

かっこいいという言葉ににやつきそうになるが、冷静を装う。

でも、見た目と職業だけで告白してくる女は山ほどいるぞ？

「俺、かっこいいんだ？」

食べる手を止めて彼女をじっと見つめると、沸騰しそうなくらい顔が真っ赤に染まった。

わかりやすい女だな。けれども、嫌いじゃない。

「……自覚ないんですか？　モテるでしょう？」

モテないとは言わないが、よく知りもしない女に告白されても困るだけだ。

「まあ、モテるな」

「やっぱり」

彼女は納得している。

それにしても、パイロットより整備士なのか。ますます珍しいけれど、かなり興味が湧いた。

「あっ、私と食事なんてして大丈夫ですか？　彼女さん、怒りますよ」

「女がいたら誘うわけないだろ。俺のこと、どんだけチャラいヤツだと思ってるんだ」

遊び人だと思われていたら癪《しゃく》だ。

「すみません。チャラいとは思ってませんけど、その甘いマスクで女の人を誘ったらすぐについてきそうだから」

「それで逢坂さんもついてきたんだ」

「違いますよ！　私はB777の話が聞きたかっただけで」

それはなんとなくわかっている。俺がB777と口にしたとき、目の色が変わったからだ。どうも俺を警戒していたようだし、本当に飛行機についての話が聞きたかったんだろうな。

「冗談だよ」

そう言うと、彼女は安心したように食事を進めた。

デザートのケーキとアイスの盛り合わせまでぺろりと平らげて、最後はコーヒーを味わう。

「もっと飲めばよかったのに」

シャンパンからワインに変えただけで、アルコールをすすめてもそれ以上飲もうとしなかった。

「明日も仕事ですし、初めての方に醜態をお見せするのも……」

「酒癖悪いんだ」

「悪いというか、そんなに強くないのでオエッとしちゃうんです。でも、嫌いじゃないから困るんですよね」

弱いけど、好きなのか。

「それじゃあ、今度は吐いてもいいように家飲みにするか」

「は？」

彼女は首を傾げて瞬きを繰り返す。

「今日、楽しかったんだけど、逢坂さんはつまらなかった？」

「いえっ、すごく楽しかったです。マニアックな話ができる人はなかなかいないんで」

そうだろうな。パイロットの話で盛り上がることはあれど、翼の構造なんて普通は話さない。

「それじゃ、決まりな。連絡先教えて」

俺がスマホを手にすると、彼女はなんのためらいもなくバッグから出している。

「メッセージのＩＤと電話番号教えて」

「はい」

連絡先を求めておいてなんだが、素直すぎて男にだまされるタイプかもしれないと心配になった。

連絡帳にそれらを登録してから口を開く。

「ほかの男に連絡先を聞かれても簡単に教えるなよ」

「あ……」

指摘すると、彼女は顔を引きつらせている。

「そう、ですよね。さっきの消して――」

「無理」

却下に決まってるだろ。

「心配するな。俺は悪い男じゃないと、思う」

「思うってなんですか。断定してください」

ムキになって突っかかってくるのがおかしい。

「さて、今日は帰るか」

彼女の意見はサラッと無視して立ち上がった。

本当はもう少し話をしたいが、彼女は明日も仕事があるようだし、無理はさせられない。

店を出て再びタクシーを捕まえたのに、乗ろうとしない。

「どうした？」

「私は電車で――」

「いいから、乗れ。食わないって言ってるだろ。送っていく」

余計なことを言ったせいで再びガードが固くなっている。でも、くだらない男に引っかかるよりこれでいい。

少し強引に乗せると、彼女は渋々住所を口にした。

「遠いな」

推測するに、通勤に一時間近くはかかるはずだ。

「はい。学生のときに住んでいた部屋をそのまま借りているんです。空港の近くに引っ越そうと思ったんですけど、寮も満室でしたし、引っ越し費用もバカにならなくて」

「そうか」

それならば早朝深夜はタクシーだろうな。

「でも体力的にきついので、そろそろ本気で引っ越しを考えないと、と思っているんです」

「それじゃあ、俺の家に住む？」

「は？」

あんぐり口を開ける彼女は、まじまじと俺の顔を見つめる。

「部屋空いてるから使っていいぞ。ちなみに空港から電車で十五分だ」

「十五分……。うらやましい」

「だから住めば？」

もう一度提案すると、彼女はあからさまに眉をひそめる。

「ちょっと、なに言ってるのか理解できません」

彼女との生活は楽しそうだと思ったものの、却下のようだ。まあ、無理もない。

「グランドスタッフの仕事、きついだろ？」

「そうですね。想像していた何倍かはきついです」

おそらく体力的にだけでなく精神的にもきつい仕事だ。乗客からのクレームは毎日のように浴びているだろうし。電車が時刻表通りに到着するのが当然という生活をしている日本人は、わずかな遅れにも敏感でよく怒っている姿を見かける。

航空会社のミスであればまだしも、天候不順のため飛べないケースもよくあるのだけれど、その怒りをグランドスタッフにぶつける行為が俺には理解できない。

無理して飛んで、事故にでもなったらどうするんだ。それに、風が強いのはグランドスタッフのせいではない。

おそらく彼女たちもそう思っているはずだが、それをおくびにも出さず頭を下げ続けなければならないのだ。

「辞めたくならない？」

「うーん。大きな失敗をしたときはへこみますし、泣きたくもなりますけど、パックスの笑顔のために働ける今の仕事は好きなんです。きついけど辞めたくないという感じでしょうか」

思っていた通りの返事で、思わず口元が緩む。

「それでパンプス飛ばしながら走ってるわけだ」

「あれは忘れてください」

彼女はため息をついてうなだれているが、俺はそういうところが気に入って声をかけたんだけどな。

「いいんじゃない？　そのうち幸運の女神が来るよ」

「いつ来てくれますかね」

「多分、近い将来？」

少し茶化し気味に言うと、口を尖《とが》らせている。

「慰めるなら、多分はつけないでください。疑問形もおかしいです！」

やっぱり彼女と話しているのは楽しい。

久しぶりにリラックスした時間を持てた俺は、また食事に誘おうと決めた。

偽装結婚のお誘い

軽い調子で私を誘ってきた月島さんだったが、特に危ない人ではなくてよかった。

整備士と言われてガードが緩んだものの、いきなりついていったのは軽率だったような気もする。ただ、飛行機の中で一番好きなB777の話が聞けるとあっては、興味を抑えられなかった。

それに私がついていったのは、彼があのメモの人だったのも大きい。絶対に笑われていただろう失態に、〝幸運の女神があなたに微笑みますように〟とメッセージを添えてくれた彼が悪い人だとは思えなかったのだ。

最初は少し緊張したが、話はかなり弾んだ。おかげで食事を終えた頃には、うまく乗客のクレームに対処できずに落ち込んでいたのに笑顔になれていた。

月島さんは私をからかうのが面白いのか、『俺は悪い男じゃないと、思う』とか『俺の家に住む？』とかいろいろ言ってきたが、それも含めて楽しいひとときだった。

連絡先の交換をしたものの、その日、タクシーで送ってもらったあと【しっかり休めよ】というメッセージが入っただけで、その後は音沙汰なし。

そのメッセージも、きちんと届くか確認しただけのような気がしてならない。

整備士は、一等航空整備士を目指して勉強をしなければならないので、私よりずっと忙しくしているはずだ。いや、すでに一等航空整備士は取得しているのかもしれないけれど、ほかにも社内資格がいくつもあるので、そのための勉強にも励んでいるだろう。

私はまた飛行機の話を聞きたいけれど、よく考えたら彼のほうには私と会ってもなんのメリットもない。

そもそも連絡先を聞いてきたのは社交辞令だったのかも。

「ま、いいか」

貴重なお肉も食べさせてもらったし、タクシーで家まで送ってくれた。あの日はラッキーだったと思うことにした。


翌週。ロサンゼルス便のチェックインカウンターでの業務は、トラブルもなく比較的穏やかに進んだ。

しかし、フランス・リヨンからの到着便に遅れが出て、折り返しの便の搭乗時刻が変更になった別のチームのグランドスタッフは、乗客への説明に追われている。

「今日、あっちじゃなくてよかった」

カウンター業務が一段落したところで先輩がつぶやいた。

「ほんと。……ねぇ。あれ、月島さんじゃない？」

もうひとりの先輩が月島さんと言うので、聞き耳を立てていた私は反応してしまった。

先輩たちの視線の先には、黒いキャリーバッグを引いて足を進めるクルーたちがいる。

「リヨン便に乗ってたんじゃない？　いつ見ても素敵よね。かっこいい」

乗ってた？

私が知っている月島さんじゃなかったと思いながら、もう一度視線を送った。

「えっ！」

「なに、どうした？」

どういうこと？

驚きすぎて大きな声が出てしまったせいで先輩に心配されたが、「なんでもありません」とその場を取り繕う。

でも、大声も出るでしょう？

〝整備士の月島さん〟が制帽をかぶり、パイロットの制服に身を包んで颯爽《さっそう》と歩いているのだから。

ジャケットの腕には金色の線が三本。ということは……。

「コーパイなの？」

コーパイ、つまり副操縦士なんだ。

「月島さんのこと？　あんな有名な人、知らないの？」

「は、はい」

先輩に尋ねられてうなずく。

正確には、整備士のはずの月島さんは知っているが、副操縦士の月島さんは知らない、だけど。

「アメリカの研修でずば抜けて優秀な成績を残した、FJA航空の有望株よ。今、三十二歳だったかなぁ。独身であの甘いマスク。そこら中ファンだらけなんだから。うしろを歩くCAが皆彼のことばかり見てるでしょ？」

そう言われると、たしかにキャビンアテンダントの視線は月島さんに注がれているような気もするけれど……それより！

「整備士さんじゃないんですね」

「違うわよ。あっ、でも、地上勤務のときはみずから希望して整備を担当してたみたい。たしか、自分たち乗務員や乗客のために汗水たらして働く人たちのありがたみをちゃんと知っておきたいって訴えたらしくて。それもかっこいいよね」

整備を経験したことがあるのは嘘ではないらしいが、まさか副操縦士だなんて。なんで言わなかったんだろう。

「でも、好きになっても無駄よ。彼はＣＡにとっても高嶺《たかね》の花なんだから。ましてやグランドスタッフはねぇ……。絶対にチャンスなんて来ないから」

たしかに、パイロットはキャビンアテンダントと付き合っている人が多い。

「……はい」

「それにここだけの話」

先輩は私の耳に手をかざして小声で話し始める。

「隣にいた籠橋《かごはし》機長の娘さんと付き合ってるという噂《うわさ》があるのよね」

「籠橋機長？」

「籠橋さんも知らないの？　ＦＪＡの重鎮パイロットよ。最近はパイロット養成のほうに回っていてあまり乗らないんだけど、今日みたいに時々飛ぶの。パイロットのあこがれのような人。月島さんも籠橋さんを尊敬しているみたいで、これまた志願して同じシフトにしてもらってるらしいよ」

　事情通なんだな。私は自分の仕事でいっぱいいっぱいで、そんな話、まったく知らない。そのくせ、彼と一緒に食事をしたとはとても言えない雰囲気だ。

「そうなんですか」

「その娘さん、うちのＣＡなの。月島さんと一緒にいるところをよく見かけるよ。美男美女のカップルって感じでお似合いね」

　そうか。月島さん、彼女いるのか。『女がいたら誘うわけないだろ』というのは真っ赤な嘘だったわけね。

『俺の家に住む？』もなんだったのよ。やっぱりチャラいじゃない！

「あっ……」

「だから、どうした？」

　また大きな声を出したからか、先輩が首を傾げている。

「いえっ、仕事忘れてました。先にゲート行きます」

　私は適当にごまかしてその場を離れた。

　しまった。彼が副操縦士だとは知らず、パイロット好きかと聞かれて、整備士だと答えてしまった。しかも丁寧に〝断然〟とつけたような……。

知らなかったとはいえ、失礼だったかもしれない。

メッセージで謝ろうと思いながら、次の仕事に入った。


翌日はお休み。昨日は帰宅したのが深夜だったため、昼頃起きて窓を開ける。

「気持ちいい」

空が高くなってきた今日この頃。心地よい色なき風が吹いてきて、長い髪を揺らす。

私は大きく伸びをして、スーッと思いきり息を吸い込んだ。

「よし」

食事をとってから買い物に行かなくちゃ。

髪をまとめて顔を洗ったところで、月島さんに謝っていないのを思い出し、顔にシートマスクをのせたままメッセージを打ち始めた。

「なんて書けばいい？」

書いては消して、悩むこと十分。マスクが乾いてきたので取り、乳液をつけてからスマホ片手に狭い部屋の中を右往左往する。

【すみません。パイロットにあこがれます。私の連絡先、消しておいてください】

「うーん。これでいいや」

もう考えるのが面倒になり、とてもちぐはぐな文面を送信してしまった。

「まあ、伝わるでしょ」

フランスから帰国したのであれば、おそらく今日はお休みだ。そのうちメッセージを見てくれると思い食事の準備を始めたら、すぐに電話が鳴りだしたので慌てた。

「月島さん？」

メッセージではなく、電話が来るとは。ちょっと気まずい。

「もしもし」

『あのさぁ、連絡先消せってどういうことだよ』

いきなり叱られて目をぱちくりする。

「すみません。彼女さんが見たら不愉快でしょうから」

『だから、女なんていないと言ってるだろ』

「嘘つき」

しまった。副操縦士に向かって偉そうな口を叩《たた》いてしまった。将来有望なパイロットに比べたら子会社で働くグランドスタッフなんて、吹けば飛ぶような存在なのに、あまり怒らせるのもまずい。

『は？　嘘つきは逢坂さんだろ。なんだよ、パイロットにあこがれるって。断然整備士だろ？』

〝断然〟を強調されてしまった。

やっぱり怒ってる？

「月島さんがコーパイだなんて知らなかったんですよ。ごめんなさい」

『あぁ、バレたのか。けど、パイロットが好きでもないのにあこがれるとか言わなくていい』

意外な返事に驚いた。

「好きじゃないわけではなくて、整備士さんが好きなのであって……」

『ほらやっぱり、断然整備士だ』

「あ……」

揚げ足を取られて口を閉ざした。

『今日休み？』

「はい」

『昼飯食った？』

「いえ、まだ」

『迎えに行く』

は？

唖然《あぜん》としている間に電話が切れてしまい、混乱する。

迎えに？　昼ご飯を一緒に食べようってこと？

「なんで？」

籠橋機長の娘さんと付き合ってるんでしょ？　まずくない？

慌てて電話をかけ直したのにつながらない。

「うわー」

修羅場はごめんよ？

頭を抱えたけれど、いまだパジャマ姿だったことに気がついて、慌ててクローゼットを開ける。

強引な月島さんにタジタジになりながら、スカートを取り出した。

月島さんは電話から四十分ほどしてやってきた。再び電話が入ったので二階から下りていくと、白いシャツに黒のジャケット、そしてジーンズ姿の彼が白いＳＵＶ車にもたれかかってスマホを操っている。

モデルみたい……。

そんなことを考えながら近づいていくと、私に気づいた彼はスマホをポケットに入れて助手席のドアを開けた。

「あのっ」

「店、予約したけどなんでもいいよね」

「あのっ」

「早く乗って」

話を聞いてよ！

「あのっ！」

「行かないは却下だ。話は車に乗ってから聞くから」

なるほど。わざと聞こえないふりをしていたわけね。

「わかりました」

渋々車に近づくと、彼がスッと私の腰に手を添え、「気をつけて」とエスコートしてくれたのでびっくりだ。

たしかにこの大きなSUV車は車高が高く乗り込むのも大変だけれど、こんなふうに親切にされたらドキッとするでしょう？

彼は私が腰かけるとドアを閉め、自分も運転席に座った。

「俺、昨日までフランスにいたんだ。和食が食べたくて。逢坂さんは好き？」

「はい。好きです」

私が言う和食は、自分で作るみそ汁だとか肉じゃがのような類だけれど、先日のレストランを思えば、もっとちゃんとしたお店なのだろうな。

「作れる？」

「簡単なものでしたら」

「それじゃあ、今度帰国したとき食わせて」

「は？」

あきれ声が漏れてしまった。

彼女に作ってもらえばいいでしょう？

「彼女いるんですよね？　今日は、先日のお礼に私がおごります。それでもう最後にしてください」

「嫌なのかよ」

そう伝えると、小さなため息をついている。

「彼女はいないと言っただろ」

「籠橋機長の娘さんと付き合ってるそうじゃないですか」

だまされないんだから。

怒り口調で尋ねた瞬間、彼ははーっ、と長い息を吐いた。

「またそれか。付き合ってないぞ」

「えっ？」

まさかただの噂？　しかも〝また〟って……いつもそう言われているということ？

「俺は篭橋機長を尊敬してるし、あんなパイロットになりたいと思っている。ベテランなのに準備を怠らず、なにがあっても冷静で毅然と指示を飛ばす。あの人になら命を預けてもいいと思える安心感がある。それなのに、おごり高ぶるところはまったくなくて、クルーにもパックスにも優しい」

どうやら篭橋機長を、人としても尊敬しているようだ。

「だけど、娘と付き合っているというのは完全な憶測だ。篭橋機長にはかわいがってもらっていて、何度か家にもお邪魔している。もちろん、京子《きょうこ》のこともよく知ってる。でも恋愛感情を抱いたことはない」

娘さん、京子さんって言うのか。

「そう、ですか。……京子と呼び捨てするから疑われるんじゃ？」

思ったままを口に出すと、彼は小さくうなずいている。

「けど、初めて会ったとき、アイツ大学生になったばかりだったんだ。京子さんって感じでもなくて、京子ちゃんって呼んだら子ども扱いするなってすねるし」

なるほど。なんとなくその気持ちはわかる。背伸びしたいお年頃だし。

「誤解するな。仕事中は籠橋だ」

「そうなんですか？」

てっきり仕事中も呼び捨てしているから誤解されたのかと思った。

「逢坂さん、その噂気にしてた？」

「そりゃあ、しますよ。彼女がいる人と連絡先を交換なんかして、修羅場に巻き込まれたくないですから」

「あぁ、そっちか」

赤信号でブレーキを踏んだ月島さんは、私を見つめてふと口元を緩める。いい男の微笑みをこんな間近で見られるのはラッキーだけど、そっちって？

「ん？」

「嫉妬してるのかと思った」

「し、嫉妬？」

月島さんに彼女がいると勘違いして私が嫉妬したという意味？

目が飛び出そうになる。

「そう。だから連絡先を消せって怒ってたんだろ」

「そうじゃなくて！」

それこそ盛大な誤解だ。

そもそも一度食事をしただけの仲なのだし、嫉妬するような要素はない。B777の話ができなくなるのが残念だと思ったのは本当だけど。

「照れなくてもいいよ」

彼はマイペースらしい。完全に勘違いしたまま、信号が青に変わったのと同時にアクセルを踏んで車を走らせた。

「別に照れてはいないですから」

「そういうことにしておくよ」

全然話にならない。

「彼女の件は置いておいて、どうして整備士と嘘をついたんですか？」

「整備してたこともあるから」

地上勤務のときのことを言っているのだろう。

「でも、今はコーパイでしょう？」

「パイロットってバラすと面倒なんだよ。大体の女は目の色を変える。俺は俺だ」

つまり、パイロットだからとちやほやされるのが気に入らないのか。でも、その甘いマスクなら、どんな職業でも女性は寄ってきそうだ。

「まあ、そうですけど」

「それなのに、パイロットより断然整備士と言いきる珍しい女もいてね」

相当根に持ってる？

「すみません……」

「いや。俺も整備士のことはリスペクトしてるし、パイロットになびかない逢坂さんにも興味を持った。あぁ、他人行儀だから成海でいい？」

「ダメですよ！」

他人でしょ？

「俺は一輝でいい」

「月島さんで大丈夫です」

皆のあこがれのコーパイを、下の名前で呼べるわけがないでしょう？　それこそ余計な誤解を招く羽目になりそうだ。

「強情だな。それじゃあ逢坂で手を打つ」

まあ、後輩にあたるのだろうから呼び捨ては仕方がない。私は渋々うなずいた。

彼はベリーヒルズビレッジという複合施設の一角にある立派な日本料理店『旬菜《しゅんさい》和膳《わぜん》』に連れていってくれた。

おごると啖呵《たんか》を切ったものの、懐具合が心配になってきた。足りるだろうか。ランチならなんとかなると思ったのだが、こんな高級店のランチなんて食べた経験がなくて、いくらくらいかかるのか見当もつかない。

「どうした？」

店内に入ると個室に案内されたので、余計に焦った。

「いえっ」

「こんなところで押し倒したりはしないから心配するな」

飄々《ひょうひょう》とした、しかしとんでもない発言に息が止まりそうになる。

「当然です！」

そもそもどうして私を食事に誘ったりするのだろう。パンプスを脱いで疾走するという最悪の場面を見ていただけでしょう？

少しムキになって返すと、彼はふっと鼻で笑った。

「適当に頼んでいい？」

「あの……払うと言っておいてなんですけど、あまり高いものは……」

財布に一万円札は入っていた気がするが、あとは千円札が数枚だったような。カードはあるけれど、使いすぎると生活費が厳しくなる。

「それで、おどおどしてたんだ」

バレていたんだ。こうなったら開き直るしかない。

「月島さんみたいに稼いでないですから」

「心配するな。稼いでも使うところがないから今日使おう。ちなみにランチの和食御膳は三千円で食べられるから心配ない」

三千円でも私には高いが、彼にとっては普通なのだろう。

「それならなんとかなります」

「俺が和食が食べたいって言ったんだから、支払いなんて気にしなくていい。男に貢がせたことないの？」

「貢がせ……？」

あるわけないでしょ。

「パイロットだと知ると、たかってくるヤツいっぱいいるぞ。その場でさようならだけど」

だからパイロットだと言いたくないのもあるのか。

「いや、そんな……。自分の稼いだお金で食べられるものをいただくのが幸せですから」

「想像通りだな。でも、たまにはこういう店もいい。海外からのパックスになにか聞かれたときに役立つから」

たしかに、到着ゲートを担当すると、時々おいしい寿司はどこに行ったら食べられるかとか、和食の店を紹介してほしいと声をかけられるときもある。リサーチしてある店をいくつか紹介するのだが、評判がいいのは知っていても実は行ったことがない店だらけだ。

「そっか……。いい店を知っておくのも必要なんですね」

でも、想像通りとは？

「そんなに深く考えるな。たまにはうまいものを食べて、ストレス発散したほうがいい」

それには同意だ。どう考えても先輩に当たられたような日は、コンビニでちょっと高いデザートを買って食べているから。五百円もしないのだけど。

私は素直にうなずいて、和食御膳をオーダーすることにした。

しばらくしてテーブルに並んだ和食御膳は、新鮮な刺身や野菜の煮つけ、鰆《さわら》の西京焼きに茶わん蒸し、シジミのみそ汁などがあり、どれもこれも上品な味で箸が進む。

「本当においしい。日本に生まれてよかった」

頬が勝手に緩んでくる。

「あはは。大げさだ。でも、海外に行くと和食が恋しくなるのは、そういうことだろうな」

彼も笑顔で食べ進む。

「逢坂は、どうしてそんなに整備士が好きなんだ?」

刺身に手を伸ばす彼が尋ねてきた。

「整備の様子を見学したことがあるんですけど、整備士さんの目が真剣で、でも自信に満ちあふれているというか、生き生きとしていて、すごくかっこよかったんです。しかも一度分解してまた元通りに組み立ててしまうんですよ。幼い頃は魔法使いだと思ってたくらいで」

「魔法使いって……」

彼はクスッと笑う。

「ただ、空港で働き始めて、パイロットも整備士もグラハンも、どの人たちもいないと飛行機は飛ばないんだって身に沁みたというか……」

「グランドスタッフもだろ」

私たちも付け足してもらえるのがうれしい。

「そうですね。これでも一応仕事には誇りを持っています。飛行機を無事に送り出せたときは、毎回感動ものです」

次から次へと仕事が詰まっているときは叶わないが、できるだけ自分が担当した便は飛び立つ瞬間を窓から眺めて手を振っている。

真剣な表情で耳を傾ける彼は、小さくうなずいた。

「ただ、GTBがあると背筋が凍りますけど」

GTB――グランドターンバックは、一旦動きだした旅客機が戻ってくることを指す。急病人が出たり、機体に不具合が見つかったりした場合が多いが、前に一度、機内に蜂がいてGTBとなったケースがあった。

「故障だと大変だよね」

「そうですね。飛ぶ気満々だったパックスからは苦情の嵐ですから。でも、安全のためですから仕方ありません」

クレームだけで済めばまだましだ。短時間で故障が直り再び飛べる場合はいいが、そうでないときは別の便を手配したり、近くのホテルの確保をしたりといった作業も加わる。グランドスタッフが真っ青になる仕事のひとつでもある。

「そう言ってもらえると、俺たちも仕事がやりやすい。それに、逢坂の言う通りだ。やたらとパイロットを崇め奉るヤツらがいるが、空港の仕事に欠けていい部門なんてない。かかわっている全員で飛行機を飛ばしてるんだ。籠橋機長は、入社した社員に必ずその話をする。逢坂と同じだな」

月島さんの話に、目を見開いた。

「そんなすごい方と同じわけがありません」

「いや、同じだ」

籠橋機長と同じだなんてさすがにおこがましいが、彼の言葉がうれしかった。乗客の命を預かり飛行機を操縦しているパイロットとは責任の重さが違うかもしれないけれど、私もあの大きな飛行機を飛ばしているひとりであると思うと感激だ。

「実は父が整備士だったんです」

告白すると、彼は箸を止めて驚いた顔を見せる。

「そうだったのか。うちの？」

「いえ、別の会社ですが、Ｂ７７７のショップを担当していました」

「ショップか……すごいな。なに触ってたんだろ……」

月島さんは目を輝かせる。私と同じで、本当に整備に興味があるようだ。

ショップ整備は機体からエンジン、油圧系統の関連部品、コンピューター等々すべて取り外したあと行う整備で、整備士の中でも特に技術や知識のある者が担当する。言わばスペシャリストだ。

幼い頃、父が休みの日に整備をしている航空機を間近で見せてもらい、そのとき、汗だくになって働く整備士を見てかっこいいと興奮したのを覚えている。

「父はエンジンを担当していたみたいです。大きくなってからいろいろ話を聞きましたけど、どうも機械工学は苦手で私には理解不能でした」

肩をすくめると、彼も同意したようにうなずいた。

「ドックでも先輩に言われたことしかできなかったもんな。エンジンの勉強ももちろんしてるけど、それを直す知識はさっぱり。逢坂のお父さん、すごい人なんだな」

父が褒められるのがうれしい。

「月島さんは旅客機を操縦できるんですよ？　専門分野が異なるだけです。でも、私も父のことは自慢でした」

「うん。どこの空港にいるの？」

「もう辞めてしまったんです。今は大阪《おおさか》で自動車の整備をしています」

私が幼い頃に、航空機の整備士は辞めてしまった。

そう伝えると、彼は残念そうにため息をつく。

「そっか。仕事きついからな」

「うーん。多分私のためなんです。お恥ずかしいですけど、私が小二の頃に母が駆け落ちしてしまいまして」

「駆け落ち？」

いい男は眉をひそめても様になる。なんて余計な考えが頭をよぎるのは、あの頃のことを思い出したくないからかもしれない。

「はい。突然いなくなったんですよね。そのあと、離婚は成立したようなんですけど、捨てられちゃいました、私」

できるだけ明るく言ったつもりだったが、彼は黙り込んでしまった。せっかく会話が弾んでいたのに、水を差しただろうか。

「ああっ、父と一緒だったから大丈夫ですよ。ただ、航空機の整備士は夜勤が多いので——」

「それで自動車の整備士に？」

うなずくと、彼は苦々しい顔を隠そうとせず、箸を置いた。

「ごめんなさい。せっかくのおいしい料理を前にこんな話」

「いや。それでお母さんとは？」

「寂しいと思う時期もありましたけど、新しい家庭があるようなのでもう会うつもりはありません」

「そっか」

しばらくは母が恋しくてメソメソ泣いていたけれど、父がいつも寄り添ってくれたので、そのうち吹っ切れた。

「父にいつも空港に連れていってもらえて楽しかったんですよ。父からあの飛行機の修理をしてたんだぞと教えられて、Ｂ７７７のファンになったし、空港で働きたいと思うようになりました」

自慢の父が就いていた職業だから、〝断然〟整備士にあこがれるのだ。

「父は私がグランドスタッフになると決まったら大喜びしてくれたんです。お前も飛行機を飛ばすための一員になるんだ。頑張りなさいと言われて、父のように自分の仕事に誇りを持って挑まないと、と思っています」

こんな話をしたのは月島さんが初めてだ。彼が整備士をリスペクトしているのが伝わってくるから、話しやすかったのかもしれない。

何度もうなずきながら聞いてくれた彼は、実に真剣な顔をしている。

「俺も負けてはいられないな」

「月島さん、すごく優秀だと小耳に挟んだんですけど……」

「そうでもないぞ。こんなだし。ただの噂だ」

たしかに気さくな自由人という感じではあるけれど、仕事中は違うだろう。籠橋機長の隣を歩いていた彼は、引き締まった表情で背筋が伸びていて本当にかっこよかった。皆があこがれるのもうなずける。

「なんでも噂で片づけないでください」

そう言うと、彼は白い歯を見せ、再び食べ始めた。

最後は抹茶ケーキまで出てきて大満足。

「今度このお店すすめます」

「いいんじゃない？　もう一軒付き合えよ。うまい和菓子屋を知ってるんだ。そこもパックスにすすめられるぞ」

「行きます！」

強引に誘われて最初はためらったけれど、すごく楽しい。同じ飛行機マニアとして気が合うのかもしれない。

月島さんと食事をした翌週の日曜日は早番だった。

思いがけず楽しいひとときを過ごしたものの、あれからは特に連絡はない。忙しいに違いない。

三時に起きてすさまじい勢いで身支度をするのはもう慣れた。ただ、疲れがたまっているときはきついので、やはりもう少し空港の近くに引っ越したい。

私は朝食代わりの栄養補助食品をバッグに詰めて、タクシーを待った。

今度、不動産屋に行こう……。

今はまだいいが、寒い時季の早朝出勤は本当につらい。雪でも降ろうものなら、通勤に時間がかかることを見越して、もっと早く出なければならないし。しかも、飛行機も定刻通りに飛ばないケースが多発するので、そういう日はまさに修羅場となりクタクタになる。

「今日は何事もありませんように」

タクシーが見えてきたとき、空に向かって祈った。

早朝便のチェックインカウンターの仕事は問題なく終わり、ゲートでの案内も済んだ。次の私の担当は、シカゴからの到着便に関する業務だ。

何人ものグランドスタッフが担当するチェックインカウンターとは異なり、こちらは機体の大きさにもよるが二、三人での対応となる。今日は新人の伊東《いとう》さんとふたりで受け持つことになった。

「私、車いすのパックスをお迎えに行くから、荷物のほうお願いできる？」

「わかりました」

彼女も私と同様、先輩から毎日のようにダメ出しされていて、最近は元気がない。できるだけフォローはしているけれど、自分も叱られているようなありさまなので完全には無理だ。

先輩たちも、もう少し優しく教えてあげたらいいのに。

自分たちがその上の人たちから厳しくされているせいで、それがあたり前だと思っているようだ。それに乗客の前ではなにがあっても笑顔でいる分、後輩がたまったストレスのはけ口になってしまう。

私も吐き出されるほうではあるけれど随分慣れてきたし、なによりこの仕事が好きなので耐えられる。

といっても、連日の忙しさのせいか今日はやけに体が重い。

「貧血気味かな……」

一旦立ち止まり、深呼吸をしてつぶやいた。

車いすを用意して到着ゲートへと向かう。その間も体がふらついている感じがして、本調子ではない。でも、熱もないし頭痛もない。風邪を引いているわけでもないだろう。

「気合、気合」

グランドハンドリングのスタッフがパッセンジャードアを開ける前に口に出して、気を引き締めた。

ドアが開くと、まずはキャビンアテンダントから連絡事項の有無を聞く。その後車いすの乗客の降機を手伝い、無事に入国してもらうことができた。

特に引継ぎ事項はなかったのだが、伊東さんの元に戻ると、乗客からなにやら詰め寄られている。どうもスーツケースが破損していたらしく、クレームを受けているようだ。

「大丈夫？」

「はい。すぐに手続きします」

「うん」

小声で彼女と会話を交わしてから、ほかの手荷物返却対応に移る。

順調に荷物が減っていきホッとしていると、スーツケースが出てこないという相談があった。

私たちグランドスタッフは、乗客から荷物の形状や経由地などを聞き出して、ワールドトレーサーというもので検索をして荷物を捜す。

暗号のようなコマンドを打ち込み、情報が登録されていないか調べるのだ。

このコマンドはかなりの数に及び、覚えるのも簡単ではない。必死に勉強してようやく使えるようになったところだが、全世界とつながれるのでとても便利でもある。

「お客さま、申し訳ございません。経由地のシカゴ・オヘア国際空港にて積み残しが発生している模様です。次の便で届くように手配いたしますので、手続きをお願いできませんでしょうか」

できるだけ丁寧な口調で話すのは、トラブルになるのを避けるためだ。

「はぁっ？　まだシカゴにあるのか？　どうするんだよ、仕事ができないじゃねぇか」

三十代後半に見える男性は体が大きく、見た目からして威圧的だ。それに加えて尖った声で責められては萎縮する。

「本当に申し訳ございません。お荷物が届きましたら、お泊まりのホテルやご自宅にお送りさせていただくことも可能です」

こうなった場合、平謝りだ。

もちろん、荷物を積み残したのはシカゴの空港なので私たちの不手際ではない。しかし、ＦＪＡ航空の失態であるのは間違いないので、ひたすら頭を下げ続ける。

今回はすぐに所在がわかったのでまだましなほうだ。ワールドトレーサーで検索しても見つからないケースもままあり、その場合はこの荷物を捜していますというリクエストを世界に飛ばす。

なんとか怒りをこらえて待ってもらいたいところだけれど、予定が狂う乗客は簡単に許してくれない。

「いつ届くんだよ」

「明日の朝には到着します。それから配送の手配を――」

「ふざけんな！　大事な商談があるんだよ。何百万も契約が飛んだら、あんたが補填してくれるんだろうな」

怒りがヒートアップしてきて焦る。とはいえ、謝罪する以外どうすることもできない。

「本当に申し訳ありません」

深々と頭を下げると、またふわっとしてしまった。

まずい。こんなときに倒れたら、火に油を注ぐようなものだ。

そう思った私は、必死に足を踏ん張った。

「今すぐ持ってこい！」

「あっ……」

しかし、怒りが収まらない男性に体を押されたせいで、耐えきれなくなり派手に倒れてしまった。

すると、たちまち周囲がざわつきだした。立ち上がらなければと思うのに、目を開くだけで天井が回る。吐き気がこみ上げてきて、話せなくなってしまった。

「な、なんだよ。ちょっと押しただけじゃないか」

男性が焦っているので大丈夫だと伝えたいのに、それすらできない。

「どうしましたか？」

近くにいた乗客や警備員が駆け寄ってくれたが、頭を動かすと吐きそうになり、やはり起き上がれなかった。

伊東さんは先ほどのクレーム対応をしているらしく、近くに姿がない。

「大丈夫……。ロスト、バゲージ……」

吐き気をこらえて警備員に必死に伝える。

「わ、わかりました。その前にあなたです。どなたか、グランドスタッフの方！」

警備員が大声で呼んでくれたので、ホッと胸を撫《な》で下ろしたその瞬間。

「逢坂、どうした？」

聞き覚えのある声が耳に届いて、うっすらと目を開けると月島さんの顔が飛び込んできた。

「この方が倒れられて。顔が真っ青なんです」

「あとは私が。ありがとうございました」

月島さんは警備員にお礼を言う。

「ロストバゲージの対応をとおっしゃってまして」

「承知しました」

警備員が持ち場に戻っていくと、月島さんは「少しだけ待ってろ」と小声でささやく。

「お客さま。お騒がせして申し訳ございません。ロストバゲージで大変ご迷惑をおかけしました。今、別の者が参りますので、少々お待ちいただけませんでしょうか」

月島さんが私の代わりに頭を下げてくれる。パイロットにこんなことまでさせて申し訳ない気持ちでいっぱいになり上半身を起こそうとしたが、やはり無理だった。

「お、俺は別に……。早く連れていけ」

「寛大なお言葉、ありがとうございます。本当に申し訳ございませんでした」

月島さんは丁寧にもう一度謝罪し、どうしても立ち上がれない私を抱き上げた。

「月島さん」

そのとき、女性の声がしたので閉じていた目を少しだけ開くと、キャビンアテンダントが私たちを見ている。

「籠橋、グランドスタッフを呼んで、あとの対処をお願いして。彼女は俺が診療所に連れていく」

籠橋？　月島さんが尊敬している機長の娘の京子さん？

ぱっちりとした大きな目に、通った鼻筋。キャビンアテンダントはきれいな人が多いが、彼女もそのうちのひとりだ。

「彼女もグランドスタッフに頼めば……」

「ほかの人間が駆けつけるまで放っておけと言うのか？」

「でも、デブリが……」

デブリというのはデブリーフィングの略で、フライト後に行うミーティングのことだ。

京子さんはためらいがちにではあるが、月島さんを止めようとしているのが伝わってくる。

「デブリより、今は彼女の体調だ。頼んだぞ」

月島さんは京子さんの言葉を聞き入れず、そのまま歩きだした。

「ごめんな――」

「なにも言わなくていい。目を閉じてろ」

気分がどんどん悪くなる私はお言葉に甘えた。

空港内には診療所があり、すぐに診察してもらえた。

「貧血ではないですね。自律神経のほうかもしれません」

しばらく横になっていたおかげか調子が上向いてきた私は、少し驚いた。てっきり貧血だと思っていたのに。

「自律神経ですか……」

付き添ってくれた月島さんも目を見開いている。

「グランドスタッフさんって、不規則な生活の上、結構ストレス抱えてると聞きますし、時々こうして体調を崩す方がいるんですよ」

ストレスか。思い当たることばかりだ。

「ただ、自律神経の不調だとは断定できませんので、めまいやふらつきがほかの病気ではないとはっきりさせるためにも、大きな病院で検査したほうがいいでしょう。過労もよくないので、仕事は少しお休みしたほうがいいかもしれませんね」

仕事に穴を開けるなんて考えられない。ひとり抜ければ別の人にしわ寄せが行くからだ。

「あのっ――」

「わかりました。ありがとうございました」

働いてはダメか聞こうとしたのに、月島さんに遮られてしまった。

なんとか歩けるようになった私は、診療所を出て月島さんにお礼を言う。

「ご迷惑をおかけしました。ありがとうございました」

「同じ会社の者同士、いたわり合うのは当然だ」

私は子会社所属ではあるけれど、その言葉がうれしくてうなずく。

「例のロストバゲージ、別のグランドスタッフが来て対処してくれたから心配いらない。逢坂、あの客に押されたのか？　イミグレの人も心配してたそうだ」

出入国の審査、手続きをするイミグレーション――通称イミグレの人にまで迷惑をかけてしまったようだ。

彼は私が診察してもらっている間に、いろいろなところに連絡をしてくれた。そのときに聞いたのだろう。

「謝罪したのですが許していただけず、少し体を押されました。でも、もともと体調が悪かったので私が踏ん張れなかっただけで」

大事になってしまい、あの乗客も相当驚いたはずだ。なんだか申し訳なくなってきた。

「いや、力の強い男が手を出すのは間違っている。荷物が届かなかったのはうちの会社のミスだが、グランドスタッフがそこまでされるいわれはない。警備を増やしてもらうか……」

彼は考えだすが、パイロットの仕事ではない。

「上司に相談してみますから、大丈夫です」

「うん。とりあえず、今日は帰って休もう。グランドスタッフの責任者には許可を得ている」

「ありがとうございます。……あれ？」

よく見ると、彼が手にしているのは私の荷物だ。

私の視線に気づいた彼は口を開いた。

「伊東さんだっけ。彼女に持ってきてもらった。彼女、泣きそうだったぞ。自分がふがいないから逢坂に迷惑をかけてばかりで、さっきも役に立てなかったって」

「そんなことないのに」

彼女はクレーム対応をしていたのだし、申し訳なく思う必要なんてない。

ストレスフルな彼女をサポートしてあげたかったのに、余計に落ち込ませてしまったようだ。

眉をひそめると、月島さんは私の肩をポンと叩いて口を開く。

「うん。だから言っておいた。新人は面倒かけて当然だ。逢坂はそんなことを嫌がるようなヤツじゃないって。そうしたら安心したような顔してた」

「……ありがとうございます」

ナイスフォローに感謝しなければ。最近笑顔が少ない伊東さんに、追い打ちをかけることにならなくてよかった。

「本当にご迷惑をおかけしました。今日はシカゴ便だったんですか？」

「そう。スタンバイで急遽《きゅうきょ》飛んで、今日戻ってきた」

スタンバイでシカゴか……。

パイロットは、飛行スケジュールのほかに、スタンバイという日が設けられている。これは、出社スタンバイと自宅スタンバイがあるが、乗るはずだったパイロットの体調不良や、機体故障で予備機を飛ばすことになったときなどの交代要員として、待機することを指す。スタンバイからいきなり海外に飛ぶというような事例もあるようで、パイロットもかなり重労働だ。

「それはお疲れさまでした。それなのにすみません」

謝罪しながら荷物を受け取ろうとすると、彼はスッとそれを引き歩き始めた。

「行くぞ」

「えっ？」

「まだ歩くのつらいか？　抱っこしてやろうか？」

振り返った彼はにやりと笑う。

「だ、大丈夫です」

そういえば、皆のあこがれのパイロットに抱いて診療所まで連れていってもらったなんて。明日以降の嫉妬の眼差しが怖すぎる。

彼女ではないらしいが、京子さんも彼が私の世話をするのが嫌そうだったし。

「じゃあ、行くぞ」

彼は私の荷物を持ったまま足を進めた。

「月島さん、デブリはいいんですか？」

京子さんがそんな話をしていたような。

「あぁ、お前が血を抜かれている間に顔を出してきた」

そういえば、もう着替えてる……。

制服のシャツとスラックス姿で通勤することが多いパイロットだが、さすがにジャケットは自分のものを着用する。彼もそうで、すでに私服のジャケットを羽織っていた。

「あぁ、そうだ。逢坂はそれじゃあ目立つから」

彼は手に持っていたステンカラーコートを、まだ制服姿の私にかけてくれる。

背が高い彼のコートは大きすぎて不格好になってしまうが、さりげない配慮がうれしい。ありがたく貸してもらうことにした。

空港を出ると、彼はスタスタとタクシー乗り場に向かう。

「私は電車で」

自費でタクシー通勤なんてさすがにできない。あたり前のことを言ったつもりだったのに、彼はあきれ顔で私の腕を引っ張った。

「お前、さっき倒れたばかりなんだぞ。つべこべ言わずに乗れ」

「す、すみません」

たしかに電車で倒れたら迷惑がかかるけど、かなり痛い出費だな。

後部座席に座ると、トランクに荷物を積んだ月島さんも乗ってきた。そして運転手に自宅らしき住所を告げている。

近い彼から先に降りるのは当然よね。

私は納得して、シートに体を預けた。

歩けるようにはなったものの、まだふわふわする感じは少し残っている。先生は大きな病院で検査をしたほうがいいと言っていたけれど、深刻な病気だったら怖い。

そんなことを考えていたからか、眉間にしわが寄ってしまった。

「つらいか？」

「いえ、大丈――」

『大丈夫です』と最後まで言えなかったのは、いきなり彼の膝に頭を誘導されたからだ。俗に言う、膝枕というものを初めて経験した。

「ほ、ほ、本当に大丈夫ですから」

恥ずかしすぎてしどろもどろになる。だって、こんな……。

「いいから、もうしゃべるな」

起き上がろうとしたのに止められて、ぶっきらぼうな言い方で叱られてしまった。

でも、私を心配してのことだとわかる。

運転手に見られていると思うと間違いなく頬が真っ赤に染まっている気がするが、親切を無下にはできず、そのままでいた。

走ること十数分。彼の家についたようだ。

「今日はありがとうございました」

起き上がって改めてお礼を言ったのに、さっと支払いを済ませた彼は、「お前も」と私の手を引いてタクシーから降ろす。

「えっ？」

「ひとり暮らしだろ？　また倒れたらどうするんだ」

だからどうしろと？

事態を呑み込めず立ち尽くしていると、彼はトランクから荷物を出してもらいタクシーを行かせてしまった。

そして私の荷物を持ったまま向かうのは、目の前にそびえ立つタワーマンション。海沿いのここは、すこぶる景色がよさそうだけど……こんな立派なマンションに住んでいるんだ。

空港から近くて便利だし、最高のロケーションだ。

「なにしてる。早く来い」

「あのー」

「あぁ、抱っこをねだってる?」

彼はつかつかと歩み寄り、私を抱き上げようとする。

「ま、間に合ってます!」

伸びてきた手を止めて叫ぶと、彼は肩を震わせて笑い始めた。

「間に合ってるってなんだよ。面白いな、お前。体調悪いんだから、早くしろ」

彼はためらう私の腕を引き中に入っていく。そしてホテルのような広いエントランスで開錠して、エレベーターに乗り込んだ。

「月島さん。私、帰ります」

「だから、倒れたらどうするんだ。誰も見つけてくれないぞ?」

そうだけど……。

「安心しろ。弱ってる女を食う趣味はない」

食うって、そういう意味よね。

先ほど乗客に謝ってくれたときの凛々しい姿とはまるで違う。といっても、私の知っている月島さんはこっちなのだが。

私の腕をつかんだまま放さない彼は、三十六階で降りて、とある部屋の鍵を開けた。

「どうぞ」

「あっ、あの……」

「倒れないという証拠を出せれば帰してやる」

そんな無茶な。

おそるおそる自宅に帰るという意思をもう一度示そうと思ったのに、先に釘を刺されてしまった。

「お、お邪魔します」

さすがに断れなくなった私は、ためらいながらも玄関に足を踏み入れた。広い玄関の天井は高く、大きな鏡が置かれている。きっとここで身だしなみを整えてから出社するのだろう。

「トイレはここ」

説明しながら中に進む彼についていく。

「ここが寝室だから、横になるといい」

そして右手の部屋のドアを開けて入っていくが、ひとり暮らしの男性の寝室にお邪魔してもいいものなの？

入口で足を止めると、振り返った彼はにやりと笑う。

「まさかと思うけど、照れてる？」

「と、とんでもない」

鋭い指摘に声が上ずる。すると彼は私の隣に来て耳元に口を寄せた。

「そういう展開を望んでるなら、期待に応えるけど？」

なに、この甘い声。体がゾクゾクして息がうまく吸えない。

「でも、今日は倒れたばかりだから我慢しろ。俺のでは大きいけど」

素知らぬ顔でクローゼットからジャージを出してくれるが、聞き捨てならないことを言われたような。

我慢？　私が？

突拍子もない発言に瞬きを繰り返す。

「とりあえず着替えて。飲み物持ってくる」

動揺で声も出なくなった私とは対照的に、平然とした表情の彼は部屋を出ていった。

「なんなの？」

助けてもらえたことに関しては感謝しているけれど、そのあとの展開がまるで予想外で、あんぐり口を開けるしかない。

まずい。早く着替えないと……。

彼が戻ってくるかもしれないと我に返り、急いで着替え始める。

けれどもやはり本調子ではないようで、ズボンをはくために片脚を上げたら転びそうになり、思いきり壁に手をついた。

——ドン。

そのとき大きな音を出してしまったからか、バタバタという足音が聞こえてきてノックもなくドアが開く。

ちょっと待ってよ！

月島さんが顔を出す前になんとかズボンを腰まで上げられたので、胸を撫で下ろした。

「大丈夫か？」

「すみません。よろけました」

着替えているると知っているのだから、せめてノックはしてほしい。でも、彼の表情が真剣で、心配してくれているのがひしひしと伝わってくる。

「ご心配をおかけ……キャッ」

突然抱き上げられて目が点になる。

「ほら、やっぱりひとりじゃなくてよかっただろ？　しばらく横になってろ」

そう言いながら私を大きなベッドに下ろし、布団をかけてくれた。

「本当にすみません」

「気にするな。今度こそ飲み物持ってくる」

彼は私の頭をポンと叩いて出ていった。

言動がメチャクチャだと思うときもあるけれど、スマートな人なんだな。

白い天井を見つめながら、そんなことを考える。

目が回るとまではいかないけれど、やはり普通ではない。ふわふわしていて気分が悪い。

「自律神経か……」

ストレスがよくないのはわかるが、厳しいクレームを受けたら誰だってストレスになる。しかも、今日のように自分のミスではないロストバゲージはなおさらだ。

ほかにも、ちょっとした失態で定刻通りに飛行機を飛ばせなくなる可能性があるという緊張感は常にある。過去にはゲートコントローラーが、乗客をひとり乗せ忘れたまま搭乗完了としてドアクローズしてしまい、大目玉を食らった。その先輩は気に病み、始末書を書いたあと退職していった。

毎日何度もその繰り返しをしているのだから、ストレスをなくすなんて無理なのだ。それでも、私はこの仕事から離れたくない。ストレスはあれども、それ以上の喜びもあるのだから。

困っていた乗客の手伝いをしたら問題が解決し、ぱあっと明るい笑顔を見せてくれたとき。家にこもってばかりだったという車いすの方に、また空を飛べるなんてと涙を流して喜んでもらえたとき。海外赴任から戻ってきたパパに飛びついてうれしさを爆発させる小さな子の、『おかえりなさい』というかわいらしい声を聞いたとき。

そうした感動の瞬間に出会えるこの仕事は、私の生きがいのようになっている。

「辞めたくないな」

思わず口から漏れる。

このまま体調が戻らなかったらどうしよう。倒れるような人間はいらないと言われたら……。

そんな不安に襲われ、顔がこわばる。

——トントントン。

今度はノックの音がして、スポーツ飲料を持った月島さんが入ってきた。

「水分は取っておか……」

枕元まで来た彼が言葉を止めたのは、きっと私の涙を見たからだ。

「やっぱりつらいんだな」

「違います。ちょっとしんどいですけど……ごめんなさい」

慌てて涙を拭うと、その手を握られて驚いた。

「それならどうした？」

難しい顔をする彼の優しい声が胸に響く。

「……このまま体調が戻らなかったら、辞めなくちゃいけないのかなって……」

はっきり原因が特定できて治療法もある病であれば、復帰までの道のりを描ける。けれども、グランドスタッフでいたいのなら不規則な生活はこれからも続くし、ストレスを軽減してと言われてもどうしたらいいのかわからない。

「今は、そんなことまで考えなくていい。体がつらいからネガティブになってるんだ。明日と明後日は休みをもらっておいたからゆっくり寝て」

そんな手配までしてくれたの？

二日休めれば、そのあとはもともと休日だ。四日間連続で休める。

「でも、明日は病院だ。俺も休みだから一緒に行く」

「いえっ、そんな……」

今日はここで休ませてもらったとしても、明日には自宅に帰るつもりだったのに。

「倒れておいて、文句言わせないぞ。それに……」

彼は私の頬にそっと触れて続ける。

「仕事を続けたいなら言うことを聞け。ストレスがたまるのは立場上避けられないかもしれない。だけど、それをうまく逃す方法なら考えられる」

うまく逃す、か。

「ひとりで悶々《もんもん》と考えるより、こうしてふたりで話していたほうが楽になれるはずだ」

それは間違いない。ひとりで自宅に帰っていたら、今頃泣きじゃくっていたかもしれない。

彼のおかげで冷静さを取り戻してきた。

「はい」

「まずは体調を整えること。心配するな。逢坂みたいなグランドスタッフを、会社が簡単に手放したりしない」

「えっ？」

私みたいなって？

「ま、そういうこと。とりあえず飲めるか？」

どういうこと？

さっぱりわからないもののコクンとうなずくと、彼は私の体を支えて起こし、ペットボトルのキャップをひねった。

「飲めないなら口移しで飲ませてやるけど」

「は？」

もう、爆弾発言だらけだ。さっきの毅然とした副操縦士としての顔とまるで違う。口を手で押さえると、彼は「そんなに嫌がらなくてもいいだろ」と白い歯を見せた。

「友人に外科医がいるんだ。ソイツに診てもらおう。だからもう心配しないで、体を休めろ。飯、食えそう？」

彼の話を聞いているうちに心が穏やかになっていくのはなぜだろう。すべて任せておけば大丈夫というような安心感がある。

「吐き気は治まってきたので食べられるかと」

「作れるんですか？」

意外すぎて大きな声を出すと、「俺をなめんな。ちょっと買い物行ってくる」と笑いながら出ていった。

月島さんの励ましが効いたのか、それから急激に体調がよくなってきた。

やっぱり、精神的なものが大きいのかも。

「いいにおい……」

買い物から帰ってきた彼はなにを作っているのか、おいしそうなにおいが漂ってくる。それにしても料理までできるとは。いい男、恐るべし。

しばらくするとノックの音がして、月島さんが顔を見せた。

「お盆がなくて、熱っ」

彼はおしゃれな白いどんぶりを持ってきて、慌ててベッドサイドテーブルに置く。

「大丈夫ですか？」

起き上がりながら尋ねる。

「平気。鶏粥《とりがゆ》にしてみたけど食える？」

ごま油のいい香りがして食欲を誘う。アツアツの粥の上にはネギと韓国のりが散らされていて、お店で出せそうなほどの見栄えだ。

「こんなの初めてです。いただきます」

私より料理上手かもしれないと思いながらスプーンに手を伸ばすと、彼は首を横に振ってそれを自分で握った。

「熱いから」

「はい」

子供じゃないんだから、もちろん冷ましてから食べるよ？と思っていると、スプーンで粥をすくった彼は、フーフーと息を吹きかけて冷ましたあと、私の口の前に持ってくる。

「ん？」

「口開けろ」

「えぇっ？」

当然というような顔をしているけれど、まさか食べさせようとしているの？

「そんな重病人じゃないですから」

「あぁ、やっぱり口移しがいい？」

なに言ってるのよ。

目を点にして固まってしまったが、「ほら、開けろ」と急かされて渋々口を開いた。

とんでもなく恥ずかしいのに、あまりのおいしさに自然と頬が緩む。

舌にのった粥は、鶏の出汁をよく吸っていてコクがある。間違いなく、今まで食べたものの中で一番おいしい。

「メチャクチャおいしいです」

「あ、味見してないや」

彼はそう言うと、私が使ったスプーンで自分もひと口食べている。

ちょっと、間接キスじゃない……。なんて、この歳で慌てるのはおかしい？

「なかなかうまくできてるな」

あんぐり口を開けていると、「食ったから怒ってるのか？　まだあるからお代わり持ってきてやる」と勘違いしている。

「怒ってません」

「それじゃあ、もうひと口」

何度自分で食べると言っても許してもらえず、結局最後まで食べさせてもらった。

「ごちそうさまでした」

「お代わりは？」

「もう十分です」

おいしすぎてもっと食べたいところだが、また吐き気に襲われたら怖い。お腹は満たされたし、このくらいでストップしておかなければ。

「それじゃ、少し寝ろ」

物言いは随分雑なのに、私を見つめる彼の目は優しい。

「はい。お言葉に甘えます」

素直に返すと、彼は満足そうにうなずいて食器を持って出ていった。


他人の家では眠れないと思ったのに、ふと目を覚ますともう暗くなっている。ベッドのマットがいいのか室温が快適なのか、自宅よりよく眠れたくらいだ。

ふわふわした感じも治まっていたためゆっくり起き上がると、息が止まりそうになった。パジャマ姿の月島さんが床に座り、ベッドに突っ伏して眠っていたからだ。

「どうしよう」

ベッドの持ち主を追い出して深く眠っていたなんて、申し訳ない。

「ん？　起きた？」

気づいた彼はベッドに腰かけて顔を近づけてきた。

「ちょっ……」

なに、これ？

マットのスプリングがギシッと軋《きし》み、緊張感を煽《あお》ってくる。

「顔色は悪くない？　暗くてよくわからない」

顔色を確認したかったのか。それなら先に照明をつけてほしかった。

「大丈夫です。随分よくなりました」

休めばよくなるのは、やはり自律神経の不調だったのだろうか。いや、まだわからないか。

「そっか。よかった」

「はい。ありがとうございます。あの……お手洗いをお借りしても？」

さすがにずっと我慢はできない。なんとなく気まずい思いをしながらも切り出すと、

「もちろん。立てる？」と腕をつかんで支えてくれた。

「いろいろすみません。私、ソファをお借りしてもいいですか？　月島さんはベッドで眠ってください」

壁にかかっている時計は、午前一時を指している。思った以上に長く眠っていたよ

うだ。

「ソファは貸さない」

「ご、ごめんなさい。お気に入りですか？」

軽い気持ちでお願いしたのに却下されて慌てる。

すごく高価なソファだったりするのかしら。

「まあね。とにかくトイレに行こう」

「ひとりで行けますよ？」

立ってもふらつかないのに、彼は私の腰を抱えて歩きだした。

「急にめまいが来てひっくり返ったら、頭蓋骨が折れるかもしれないぞ」

「頭蓋骨？」

とんでもないことを言われたせいで、理科室にあった骨格模型を思い出す。

「そ。皮膚も切れて血だらけ」

「そんな……」

頭から血を流した自分の姿を想像して鳥肌を立てた。

「冗談だけどな」

「は？」

「とにかく病院で診てもらうまでは過剰なくらい気をつけたほうがいい。トイレの中までついていくとは言わない」

さすがに中まではお断りよ！

彼の発言には脅かされるものの、心配してくれているのが伝わってくる。

私は親切に甘えて、トイレまで連れていってもらった。

トイレを済ませて出たが、待っていそうだなと思っていた彼の姿がない。再び寝室のほうへと歩いていくと、奥の部屋からペットボトルを持った月島さんが出てきた。

「待ってろよ」

「大丈夫ですって」

少し過保護すぎる。

「ほら」

「ありがとうございます。……キャッ」

ペットボトルを差し出されて受け取ると、いきなり抱き上げられて大きな声が漏れた。

「まったく。言うことを聞け」

「す、すみません」

あきれ声で言われて反射的に謝る。月島さん以外の男性にこんなふうにされたことがないので、照れくさすぎてカチカチに固まってしまうのだ。一方、彼は表情ひとつ変えない。

私をベッドに下ろした月島さんは、あたり前と言わんばかりにその横に入ってきた。

「えっ？」

「それ飲んだら横になれ」

まさか、ソファはダメだと言ったのは、ふたりで寝ようと思っていたから？

たしかに、ふたりでも狭くはなさそうな大きなベッドだけれど、恋人でもないのにひとつのベッドで眠るなんて、さすがにまずいでしょう？

「飲まないのか？　あぁ、そうか。口移し――」

「今すぐ飲みます！」

慌てふためき、彼に背を向けてミネラルウォーターを口に含んだ。冷たい水がのどを伝って下りていくのがわかるのに、至近距離に月島さんがいるせいか、体が火照《ほて》って仕方ない。

「ほら、横になれ」

「ソファはダメですか？」

「ダメだ」

即却下を食らい、目が泳ぐ。

「いいから寝ろ」

ためらっていると、かなり強引に布団の中に引きずり込まれてしまった。

「お前、意識しすぎ。男いなかったのか？」

「経験豊富だとは言い難いと言いますか……。飛行機の話に夢中になると、引かれてしまって」

彼氏がいたことはあるが、あまり長続きはしない。

正直に答えたら、クスクス笑われてしまった。

「失礼ですよ！」

「いや、逢坂らしいなと思って。飛行機好きの男なら相性バッチリだな」

それって、もしや月島さんのこと？　いや、このモテ男が私を口説くはずがないか。

鼻で笑う彼は、顔を私のほうに向けた。

「弱っているうちは食わないと言っただろ」

なによ、それ。元気になったらいただくと宣言してるの？　いくら親切にされても、体だけの関係はごめんだ。

「冗談ばかり言ってないで、寝てください」

見られているのが恥ずかしくて彼に背を向けた。

「冗談ねぇ」

彼は意味深長にそう言うと、声のトーンを落として続ける。

「明日、病院の予約が取れた」

「すみません。ありがとうございます」

私が眠っている間に、そんな手配までしてくれたんだ。彼のほうに向きなおり、お礼を言う。

「アイツ、予約でいっぱいらしくて、オペのあとしか時間取れないって言うんだ。少し待つかもしれないけど」

友達は外科医って言ってたな。でも、私が診てもらうべきは外科なの？

「外科の先生なんですよね」

「そう。脳外」

「脳!?」

驚いて大きな声が出てしまった。

それで、頭蓋骨がなんとかと話したの？　でも、脳って……。

深刻な病気を否定するために検査するのはわかっているが、脳と言われるとかなり腰が引ける。

「CTを撮るそうだ。ただ、症状を話したら、おそらく脳疾患から来るめまいではないだろうとさ。念のためというやつだ」

それを聞いて安心した。

「なに涙目になってるんだ」

瞳が潤んできたのを指摘されて布団を頭までかぶる。

「ごめんなさい。ちょっと怖くて」

本音を漏らすと、いきなり抱きしめられたので心臓が暴れだした。

「心配いらない。俺がいる」

「……はい」

月島さんがいたところで病気が治るわけではないとわかっていても、とても心強かった。ひとりのときに脳の病気かもしれないなんて考えたら、きっと不安で涙が止まらないはずだ。

「お前、頑張りすぎなんだよ。伊東さんが言ってたぞ。逢坂がいつも守ってくれるから仕事を続けられる。自分も逢坂みたいに後輩に優しくできるグランドスタッフになりたいって」

「伊東さんが？」

彼女がそんなふうに思ってくれていたとは。

「うん。だけど、お前がストレスのはけ口になる必要はない。パックスからの苦情も理不尽なものはばっさり切り捨てればいいし、先輩からのお小言は言い返せばいい」

「でも……」

そんな簡単に言うけれど、すでに怒っている乗客をさらにヒートアップさせるのもまずい。

それに、お小言を言い返すのも、チームで仕事をしているのだから難しい。チームワークが崩れたら飛行機を定刻通りに飛ばせなくなる可能性だってあるのだ。

「気持ちはわかる。だけど、このままだと働けなくなるぞ。コツを教えてやる」

「コツ？」

なんの？

彼が腕の力を緩めたので顔を見つめると、かすかに口角を上げている。

「例えば荷物の重量オーバーでごねるパックスには、『それでは、ファーストクラスのご案内をいたします』と言い返せ」

なるほど……。

飛行機に無料で預けられる荷物の重さは、チケットの種類によって異なる。エコノミーでは超過料金が発生しても、ファーストクラスなら無料ということもままある。

「できる範囲でできる努力をすればいいんだ。ロストバゲージのあの客も、『次の便に間に合わなくなるので、手続きだけ先にさせてください』と一旦距離を置け。どちらにせよ、すぐに目の前に用意するなんて誰にもできないんだから。怒りだしたパックスも引っ込みがつかなくなってるんだ。手続きのために一旦離れれば、少しは冷静になるはずだ」

月島さんの話は納得できるものばかりだった。できないことまでやらなければと気負いすぎていたんだ。できないものはできないのに。

「そう、ですよね」

「うん。天候不良でも飛ばせというパックスが時々いるが――」

「いますいます！　飛んだら命ないですよ?と思っちゃう」

ムキになるのは、つい先日、強風で出発便に遅れが出てきつく叱られたからだ。

「『お客さまの命が大切なので飛ばせません』とでも言っておけばいい」

「はい、そうします」

こうしていろいろ考えると、ただひたすら謝る以外にも方法はあるのだなと思う。怒りを鎮めるためには、言い訳せず謝罪を繰り返すのが一番有効だと思い込んでいた自分の誤りにようやく気づけた。

彼のおかげで少し心が軽くなった。

「真面目なんだよ、逢坂は」

月島さんはふっと笑う。こんなに至近距離でいい男の微笑みを見ると、鼓動の速まりを制御できない。

「眠れそう？」

「……はい」

本当は目が冴《さ》えているけれど、眠れないと言ったら彼も起きている気がしたので嘘をついた。

「うん。それじゃあ目を閉じろ」

彼は私を抱き寄せて言う。

このままの体勢で寝るつもり？

「ちょ、ちょっと……」

「気が弱っている逢坂には温もりが必要なんだ。いいから黙って目を閉じろ。電気消すぞ」

月島さんが強気で命令してくるので、あたふたしてしまう。でも、たしかに心強い。

素直に目を閉じると、「おやすみ」とささやいた彼はリモコンで照明を消し、私の髪を優しく撫でた。

翌日、目を覚ますと、隣にいたはずの月島さんの姿はもうなく、昨日彼が出入りしていた部屋に向かった。

「起きた？　調子は？」

三十畳近くはあるだろうか。広いリビングの白いソファで、彼はコーヒーを口にしていた。

「おはようございます。すごくよくなりました」

隣までやってきた彼が、なぜか顎に手をかけて持ち上げるので、目を白黒させる。な、なに？

「うん。顔色はいい」

よくなったと言ってるでしょ！　キス、されるかと思った。いや、それは自信過剰か。

「素敵なお部屋ですね」

窓に視線を移して漏らすと、彼に背中を押されて窓際に向かった。

「ほら」

「あっ、飛行機……」

青い空に、白い雲。そして眼下に広がるのは太陽の光を反射してキラキラ光る美しい海。それだけでも最高のシチュエーションなのだが、空を切り裂くように飛び立つ旅客機がとんでもなく絵になる。

「この景色が気に入ってここにしたんだ」

「最高です」

彼は軽い口調で『ここにした』なんて言うけれど、私みたいな庶民には手が出せない物件だ。さすがはパイロット。

「だろ？　それじゃあ、ここに住め」

「はいっ？」

支離滅裂すぎてついていけない。

「ま、いいや。服、用意しておいた」

彼は部屋の片隅に置いてあった紙袋を持ってきて差し出してくる。

「近所に姉貴が住んでて。新品らしいぞ」

お姉さんに借りてきてくれたんだ。

袋の中には、シンプルなアイボリーのカットソーと、深いグリーンのミモレ丈のスカート。ほかにはショーツや旅行用のスキンケアセットなどが入っていて至れり尽くせりだ。洋服を手に取ると、『ブランピュール』という有名なブランドのものだったので慌てる。

「これ、すごくお高いと思いますよ。新品を私が先に着てしまうなんて……」

「あぁ、プレゼントするってさ」

「え！」

目を丸くしていると、彼はおかしそうに笑った。

「いいのいいの。あの人世話好きだし、旦那さん金持ってるから」

きょうだいそろってお金持ちとは。いや、旦那さんか。

「気に入らない？」

「とんでもない！」

着替えがない私は、ありがたくいただくことにした。今度なにかお礼をしなければ。

着心地のいい洋服でテンションが上がったが、午後になって向かった大きな病院を前に腰が引けた。総合病院にお世話になった経験なんてないからだ。

脳外科外来の前のベンチで待っていると、慌てた様子で背の高い男性医師がやってきた。

「おぉ、悪いな、倉田《くらた》」

「久しぶりだな。彼女がそう？」

月島さんが挨拶を交わしているので、私も立ち上がって頭を下げる。

「逢坂と申します」

「倉田です。よろしく。手足のしびれはないですか？」

「はい。ありません」

「それじゃあ、ちょっと歩いてみてください」

いきなり指示が飛び、首を傾げながら歩く。

「OK。やっぱり脳じゃないだろうな。一応CT撮るから検査室に行こう。診察券、貸してください」

午後のこの時間、外来の待合室に患者はいない。どうやら月島さんが頼み込んでくれたおかげで特別に診察をしてもらえるらしい。

倉田先生についてレントゲン室に行き、月島さんとは一旦別れた。

「緊張しなくていいですよ。痛い検査ではありませんからね」

顔がこわばっていたのだろう。先生が優しく教えてくれる。

「脳が原因のめまいは、ろれつが回らなくなったり、まっすぐ歩けなくなったりするなどの症状を伴うことが多いんです。だから過度に心配しなくて大丈夫ですよ」

「そうでしたか」

それでさっき歩かせたんだ。

「月島、焦ってたでしょう？　いきなり電話してきて絶対に治せって怒鳴るから、そんなにひどいのかと驚いたんです。でも、症状を聞いたら緊急性はなさそうだったし、お元気で安心しました」

「えぇっ！」

私が倒れたあと、落ち着いて対処してくれたように見えたのに、まさかそんな電話をかけていたなんて。

「すみません。倒れたので心配をかけてしまったようで」

「仕事しか興味がない冷めたアイツが、女性のことであたふたするとは意外でした。……大切なんですね、逢坂さんのこと」

大切？　私が？

「検査で脳の疾患を否定して安心しましょう。それでは技師の言う通りにしてください」

「はい」

意味ありげな言葉を残した倉田先生は、一旦レントゲン室を出ていった。

倉田先生に診てもらったCTの写真には問題がなく、その後耳鼻科や内科でも検査をしたが、大きな病気は見つからなかった。

「よかった。本当によかった」

私以上に、月島さんが安心している。倉田先生が『焦ってたでしょう?』と話していたけれど、あれは本当だったのかもしれない。

「ご心配をおかけしました」

「うん。とにかく休日の間はゆっくり体を休めて」

「はい」

家まで送ってくれるという彼に甘えて車に乗り込んだ。

内科の先生から漢方薬を処方されたものの、結局は生活習慣を整えたりストレスを軽減したりしなければよくならないようだ。

といっても、グランドスタッフとして働いていたければ簡単ではない。月島さんに教えてもらったように、〝できる範囲でできる努力をする〟というふうに気持ちは切り替えるつもりだが、不規則な勤務はどうにもならないからだ。

やっぱり空港近くに引っ越して、少しでも睡眠時間を確保したほうがいいかもしれない。

そんなことを考えているうちにマンションに到着した。車を降りた私は、ドアを閉める前に頭を下げる。

「本当にありがとうございました」

「そんなことはいい。早く荷物持ってこい」

その発言の意図が理解できず、とっさに返事が出てこない。瞬きを繰り返して彼を見つめていると「手伝うから」とエンジンを切って隣にやってきた。

「手伝う？」

「引っ越し屋はすぐに手配する。しばらく暮らせるだけの荷物をまとめて」

「引っ越しって？」

どこに？

スタスタとマンションに入っていきエレベーターに乗ろうとする彼を追いかけながら、「月島さん」と声をかけた。

「何階?」

「二階ですけど、あのっ……」

エレベーターに乗り込み、【2】のボタンを押す彼の顔を見上げる。

「グランドスタッフ辞めたくないんだろ?」

「はい」

「通勤に一時間はきつい。俺の家ならここを往復するより、一時間半は睡眠が確保できる」

「お、お、俺の家って?」

驚きすぎて声が裏返る。

「一緒に暮らそう」

「なんで?」

あたり前のような顔をして『一緒に暮らそう』と言うが、まったく理解できない。

「なんでって、通勤が大変だから」

「家、探しますから!」

慌てて訴えるも、エレベーターを降りて歩きだした彼の足は止まらない。

「あの辺り、便利だから家賃高いぞ」

「だからって！」

「あぁ、大丈夫。見返りはもらうから」

見返り？

なんのこと？と思っている間に、部屋の前を通り過ぎた。

「ここです」

しまった。混乱しすぎて、自分の部屋を明かしてしまった。

「おぉ、了解」

彼は私が鍵を開けるのをじっと待っている。

「やっぱり、月島さんの家に引っ越しというのはおかしいかと」

一旦は鍵穴に鍵を差したが、このまま素直に荷物を運ぶわけにはいかない。

「仕事辞めるの？　まあ、辞めてもいいよ。俺、逢坂を養える分くらいは稼ぐから」

「稼ぎの話をしているんじゃなくて！」と反論したが、私を養うってなんの話よ。

「仕事は辞めません」

「だろ？　それじゃ、引っ越すしかない」

まったく会話が成り立たない。どう説得しようか考えているうちに、彼が差してあった鍵をひねってしまった。

「ちょっと！」

「お邪魔します。……なんだ。ためらうから散らかってると思ったのに、片づいてるじゃないか」

いろいろと論点が違いそうだ。

「私は引っ越しの話をしているんです！」

「しょうがないな。とりあえず座って」

月島さんはまるで自分の家のように、ダイニングのいすを私にすすめて、自分も対面に座った。

「あの！」

「まず第一に、逢坂の通勤時間を減らしたい。それと、昨日も言ったが、ストレスを感じたときはひとりで悶々としないほうがいい」

だからふたりで暮らそうと？　付き合っているのなら納得だけど、私たちはそういう関係じゃないでしょう？

「心配してくださるのはうれしいですが、月島さんの家に転がり込むのはおかしいかと」

「おかしくなんてないさ。夫婦は一緒に住むものだろ？」

夫婦？

さらに理解できない言葉が飛び出し、しばらく放心してしまう。なにからつっこめばいいのかわからないのだ。

「聞いてる？」

「えっと……いつから夫婦になったんでしょう」

「帰りに役所に婚姻届を取りに行こうか」

平然とした顔で言い放つ月島さんだが、私は瞬きを繰り返すばかりだ。

「私、日本語がわからなくなったみたいです」

「あぁ、じゃあ英語で。Let's go get the marriage――」

「もういいです！」

そういう意味じゃない。いや、彼も茶化しているだけだ。

英語の発音が抜群なのはわかった。でも、婚姻届ってなんの話？

「逢坂。結婚しよう」

急にかしこまった彼は、私をまっすぐに見つめていきなりプロポーズしてくる。

しかし、寝耳に水の私は当然承諾などできず、あんぐりと口を開けるだけ。

「俺、ちょっとばかり逃れにくい結婚をすすめられてて、好きな女がいるから無理だとお断りしたんだ。でも、好きな人と生涯をともにする人とはまた別だとか、納得できるようなできないようなことを言われて」

たしかに、〝好きな人と生涯をともにする人とはまた別〟というのはなんとなくわかる。父と母は大恋愛の末結婚したそうだが、母はどうやら資産家の男性と駆け落ちしてしまったようだし。

でも、将来どうなるかわからなくても、好きな人と結婚するのが普通だ。最初からそんな打算的な結婚を選びたくはない。

「私、関係あります？」

月島さんの事情はわかった。その女性とは結婚したくないのだろう。ただ、私をそこに絡められても困る。

「もちろん。結婚してしまえば、さすがにあきらめてくれるだろうと思って。その結婚相手が成海」

いきなり下の名で呼ばれて不覚にもドキッとしたけれど、その軽ーい求婚はなんなの？

「全然理解できません」

「成海は俺の家から通える。もちろんストレス軽減にも協力する。その代わり、俺の妻のふりをしてほしい」

　つまり、偽装結婚ってこと？

　驚きすぎて彼をまじまじと見てしまった。

　あの立派なマンションに住めるのも、職場が近くなるのも大歓迎だ。でも、偽装結婚だなんて。

「不服？」

「不服というか……」

　そんなことをしなくても、もう一度お断りの意思を示せばいいのではないだろうか。

「俺の家の付近でマンションを探すと、家賃はこの辺りの一・五倍は覚悟しないといけないな。人気の地区だからそうそう空きも出ないし」

　たしかに以前、不動産情報を検索してみたら、すごく古い物件か、かなり家賃の高い物件しか空いていなかった。

「仕事できなくなってもいいんだ」

　それを言われるとつらい。けれども、偽装結婚しようと言われても腰が引けるのが普通でしょう？

「妻のふりをしたって問題ないだろ？　男、いなそうだし」

「すみませんね」

後半を付け足されてムッとした。

モテ男に私の気持ちはわからないわよ！

「シップの話、し放題もつける」

「ほんとですか⁉」

そのパン食べ放題みたいな言い方は疑問だが、ちょっと魅力的かも。まだ月島さんに聞きたい話がたくさんあるのだ。

「決まりな。それじゃあ、荷造りして。重いものは俺が運ぶから」

目を輝かせたからか、彼は偽装結婚を決めてしまった。

月島さんは、私の隣に来て肩をポンと叩く。

「待ってください。勝手に決めないで」

立ち上がって抗議すると、彼はふと真顔になった。

「成海でなければ頼まなかった」

それはどういう意味？

強い視線で縛られて動けない。たちまち速まりだした心音が彼に聞こえていないか心配になる。

どうしたらいい？

彼が無理やり気の合わない女性と結婚させられるのは気の毒だし、たしかに私には特定の男性もいない。いや、でも……。

「成海」

葛藤していると、彼は妙に色香漂う声で私の名を呼んだ。そして少しも揺らがないまっすぐな視線で見つめてくるので、緊張が走る。

「幸せにする」

切なげな表情の彼の口から紡ぎ出された本気のプロポーズのような言葉に、体が熱くなっていく。

月島さんが、縁談を断るために私を妻に仕立てようとしているのはわかっていても、胸の高鳴りは抑えられない。

「約束だ」

頭が真っ白になり返事ができないでいると、彼は私の頬にそっと触れて、甘い声でささやいた。

「……その縁談から逃れられるまでですよ」

私は迷いに迷った挙げ句、そう答えた。

助けてもらった恩もあるし、会話は楽しい。彼が言うように、ひとりでいるよりストレスも軽くなりそうだ。私に彼氏がいないのは本当だし、なにより仕事を続けられるなら最高だ。

彼が縁談をきっぱり断るまでに、部屋探しをすればいい。

それに……正直、若干流されたところもある。本当にプロポーズされたようで、胸がキュンと疼《うず》いたのは否定できない。

「サンキュ」

月島さんは心なしか頬を緩めて言う。

うれしそうに見えるのは、縁談を断れる目途がついたから？

「よろしくな、成海」

いきなり抱き寄せられて、息を吸うのも忘れる。しかも、彼に成海と呼び捨てされるたび、妙にゾクッとしてしまう。

「ちょっ……。離れてください」

我に返って厚い胸板を押したものの、びくともしない。

「月島さん！」

「夫を苗字で呼ぶのはおかしいだろ？」

耳元でささやかれ、目をぱちくりする。

「俺の名前、忘れた？」

忘れてなどいない。でも、恥ずかしくて呼べない。

なにも言わずに固まっていると、ようやく手の力を緩めてくれた。しかしいきなり顎に手をかけられたので、心臓が口から飛び出してきそうなほど暴れだす。

「呼んでみて」

熱い眼差しを注がれて、緊張でカチカチになる。すると彼は、にやりとイジワルな笑みを浮かべた。

「もしかして、ドキドキしてる？」

「えっ……違いま、す」

見つめられているのに耐えられなくなり視線を外すと「成海」と再び甘く呼ばれてしまった。

「呼んで」

「……一輝、さん」

素直に彼の名を口にしたものの、照れくさくてたまらない。

「耳まで真っ赤」

彼は再び私を腕の中に閉じ込めて、つぶやいた。

「気のせいです」

「そうかな」

「……んっ」

いきなり耳朶《じだ》を甘噛《あまが》みされて、変な声が漏れる。

「煽ってるの？」

「と、とんでもない」

条件反射みたいなものよ！

こうして密着していると息が苦しくてたまらない。逃れようともがき始めると、

「成海」と再び優しく名前を呼ばれた。

この低くて甘い声、反則よ。力が抜けてしまう。

「お願い。もう少しこのままで」

煽ってるの？という男全開の発言から一転。まるで子供のようなかわいらしいおねだりに拍子抜けしたが、やっぱり鼓動は速まるばかりで治まりそうにない。

「か、一輝さん？」

「それヤバい」

それって、名前で呼ぶこと？　そんなにうれしかったの？

なんだかよくわからない人だ。制服を着て歩く姿は凛々しく、こんなふうに甘えた声を出すようには見えないのに。

仕方なくしばらくそのままでいると「充電完了」と、離れていった。

「充電？」

「成海が倒れて、気力を使い果たしたっていうか……。大きな病気ではなさそうだとわかってホッとしたら、気が抜けた」

倉田先生が、『いきなり電話してきて絶対に治せって怒鳴る』と話していたが、誇張しているだけだと思っていた。でも、本当に焦っていたのかもしれない。

「心配かけてごめんなさい」

「いいんだ。だけど、俺の目の届くところにいてくれ」

どうして彼がこれほどまでに気をもんでくれるのかわからないけれど、きっと優しい人なのだろう。

「はい」

偽装結婚なんて驚いたものの、また倒れたら危ないと私を慮《おもんぱか》った提案なのかもしれないと考えたら、強引なだけじゃないんだと思える。

彼とならうまくやっていけるかもしれない。

「準備しますから、コーヒーでも飲んでてください」

「うん、サンキュ」

私はうれしそうに微笑む彼のために、心を込めてコーヒーを淹《い》れ始めた。

心地いい日常　Side月島

成海に偽装結婚を提案したら、案の定苦い顔をされた。でも、想定内だ。

縁談を持ちかけられ、何度も断ったが聞き入れられず、ついには好きな女がいると嘘をついた。しかし、それすらかわされてかなり参っていたのだが、成海と食事に行ったあの日、その悩みは解消した。

彼女と結婚すればいい。

それまでに幾度も成海を見かけたことがあり、不器用で一生懸命な姿に好感を抱いていた。その上、実際に話してみたら想像通りの女性で、完全にビビッときた。

とはいえ、いきなり結婚話を持ち出しても失敗すると思った俺は、もう一度食事に誘ったのだ。これが想像以上に楽しくて、絶対に落とすとひそかに決意した。

デートの翌週、スタンバイからシカゴに飛び帰国すると、彼女が真っ青な顔をして倒れていたので焦りに焦った。

診療所のドクターから検査をすすめられて、すぐに頭に浮かんだのは倉田だ。

倉田は、俺がアメリカの研修から帰るために乗客として乗っていた便に同乗していた。急病人が出てキャビンアテンダントがドクターコールをかけたところ、リスクを考えて手を挙げないドクターが多い中、アイツが名乗り出たのだ。

そのときの乗客は血管迷走神経反射による失神だったが、倉田の処置によって意識を取り戻し、着陸後、救急隊員に無事引き渡すことができた。

俺は、若い医師なのに医療機器も満足にそろっていない空の上でも冷静で、自分の責任を果たす倉田の姿に感銘を受けた。そのため、会社を通じて連絡を取り、緊急時の対応について教えてもらっているうちに仲良くなり、今に至る。

倉田なら、成海を助けてくれる。

そう思い、電話を入れると『とにかく落ち着け』と叱られてしまった。症状をくわしく伝えたところ、『緊急性はなさそうだから安心しろ』と言われて、ようやく息が吸えたのだった。

成海の前では取り乱してはならないと気を張っていたからか、やはり自律神経の問題だろうと診断されたとき、安堵のあまり座り込みたくなる衝動に駆られた。

他人のことなんてほとんど興味がなかった俺が、こんなにもダメージを受けていたなんて自分でも驚きだった。

ただ、俺は大きな疾患を否定できた検査結果を喜んでいたが、成海はそうでもない。

『規則正しい生活を心がけて、ストレスを抱え込まないようにしてください』と内科のドクターに言われたからだ。

グランドスタッフはそれとは真逆の生活をしている。けれども、お父さんへのリスペクトと飛行機へのあこがれを胸に抱く彼女が仕事を辞めたくないのは、ありありとわかる。それならば少しでも彼女の負担を軽減できる方法を探ろうと同居を求めたのだった。

渋々ではあるが偽装結婚を承諾して俺のマンションに戻った成海は、随分顔色もよくなってきた。

ベッドで横になれと言ったのに、「もう大丈夫」と笑い、てきぱきと働きだした。

グランドスタッフとして空港中を走り回る彼女の姿が垣間見えて、勝手に頬が緩む。

俺、こんな性格だっただろうか。

倉田に、『本気になったことある？』と心配されるほど、女には冷めた態度をとってばかりだったが、成海を見ているだけで目尻が下がる自分が信じられない。

その晩は、ふたりでキッチンに立ち、夕食を一緒に作った。

俺も多少は料理をするが、成海の手際のよさには驚いた。「いつも時間に追われてるから、いかに手を抜くかが勝負なんです」と笑っていたものの、どれもこれも絶品だ。

あっという間にこしらえた鶏ハムは柔らかく、みそ汁をリクエストすれば、海外が多い俺の健康を考えて野菜をたっぷり入れた豚汁をささっと作ってくれたのだ。

テーブルには、ほかにもなすの揚げびたし、そして俺が唯一作ったひじき入りの玉子焼きも並び、舌鼓を打った。

「うまい」

豚汁を飲んでひと言漏らすと、成海が照れくさそうにしているのがまたいい。

「月島さんがこんなに上手に玉子焼きを焼いちゃうと、プレッシャーじゃないですか」

彼女は最初に玉子焼きを頬張り、幸せそうな顔をした。

「月島さんじゃないだろ」

褒めてくれるのがうれしいのに、もっと構いたくなる。

「ふたりのときは、月島さんでもいいですよね」

「ダメだ。いざというときに間違えるぞ。そんな器用には見えないけど、お前」

器用に生きていれば、ストレスで倒れたりはしないんだよ。

思い当たる節があるのか、彼女はキョロッと目を動かして視線を外す。

「ほら、呼んでみな」

急かすと、もじもじしている姿がかわいい。

「呼ばないと玉子焼きはなしな」

「えー、まだひと口しか食べてないのに」

本気で残念がる様子がおかしくて、にやけてしまった。

「呼べば解決だ」

玉子焼きの皿を自分のほうに引き寄せるという子供じみた真似《まね》をした俺は、彼女の口から飛び出す自分の名前をひたすら待ち続ける。

「……一輝、さん」

「聞こえない」

あまりに小さな声だったのでイジワルをすると、彼女は頬を膨らませた。

「聞こえてるじゃないですか！」

「成海もバカじゃないんだな」

「もう！　鶏ハムあげない！」

「悪かったよ」

家での食事の時間がこんなに楽しいのはいつ以来だろうか。心が弾んでいると食も進む。多すぎるのではないかと思う量をふたりで平らげてしまった。

食後にソファに並んで座り、コーヒーを味わう。

「食欲も戻ったな」

「はい。この調子で食べてると太りそう……。気をつけないと叱られます」

グランドスタッフやキャビンアテンダントは、制服の着こなしにも気を配る必要がある。もちろん俺たちパイロットもだが、だらしなくなければ特に注意は入らない。でも彼女たちは、少し太ると叱られるのだとか。体形の維持までもが仕事なのだ。

「少し前より痩せただろ」

「なんで知ってるんですか？」

以前、到着ゲートで見かけたときより、頬のあたりがこけている気がする。それほど不健康な痩せ方ではないようにも思えるが、やはり激務なのかもしれない。

「なんでって、見てたから」

「見てた？」

俺を見つめる彼女は、不思議そうな顔をした。

「そう。英語が通じない金髪のパックスに、ジェスチャーで説明をしていたら、日本語がペラペラだったときとか」

「え！」

彼女は目を丸くする。

あのときは笑いをこらえるのがどれだけ大変だったか。

「あー、もう！　忘れてください」

「無理」

あんな微笑ましい光景、一生忘れたくない。たしかに笑いがこみ上げてくるような出来事ではあったけど、いつも全力を尽くす彼女をよく表したエピソードだし。

「ちゃんと食べてる？」

「早番のときは栄養補助食品ばかりで……」

「まあ、そうなるよな」

朝、三時四時に、栄養のある朝食を作って食べろというのも酷だ。

「全部は無理として、俺も協力するから、食事はできるだけきちんととるぞ。睡眠も」

「はい」

神妙な面持ちでうなずく彼女は、倒れてしまった罪悪感があるに違いない。

「それから、休んだことを申し訳なく思う必要はない。成海だってほかの人のフォローをした経験があるはずだ」

それぞれのシフトがみっちり詰まっているのをよく知っている彼女は、仲間に自分の休みを埋めさせたといううしろめたさを感じているのだろう。

でも、頼むから余計なプレッシャーを感じないでくれ。緊急事態なのだから仕方がないと割り切るのも必要だ。

「そうですよね。しっかりお礼をして、それで許してもらいます」

「それがいい。今日は、風呂入って寝るぞ」

「あ……」

あからさまに目をそらした彼女は、座っているソファの感触を確かめるように手で触れている。

「このソファ、お高いんですか？」

「カッシーヌというブランドのものだ。インテリアコーディネーターのすすめで買ったけど、それなりにはしたな。だからダメだ」

言いたいことはわかっている。ここで寝たいんだろ？　でも却下だ。

「ダメって、なにも言ってないじゃないですか！」

「お前、わかりやすいんだよ」

そう返すと困り顔をした成海だったが、すぐに噴き出した。

結局、襲わないと約束させられて同じベッドに入ったものの、律儀にそれを守る俺を誰か褒めてほしい。

ただし、安心したようにスースーと寝息を立てる彼女の顔をまじまじと見ていたことは秘密だ。

「何事もなくてよかったな」

俺はこっそり声をかけ、彼女の長い髪にそっと触れた。

同じシャンプーの香りがするだけで、幸せを感じるなんて。俺、どうかしたのかもしれない。

仕事中はひとつにまとめている彼女だが、こうして下ろしていると少し幼く見える。それがなかなかいいのだ。

このままずっと一緒に暮らせればいいのに。

たまらず触れた彼女の頬はすべすべで、眠っているせいか少し冷たかった。

翌日は俺も休みで、ふたりでのんびり過ごした。成海はまだ少し緊張気味だったが、一緒にキッチンに立ったり、航空機談義に話を咲かせていたりするうちにあっという間に時間が過ぎていく。

処方された漢方薬が苦いと顔をしかめる彼女の口に飴《あめ》を放り込むと、すぐに笑顔になった。しっかり休息ができているのか、体調もよさそうだ。

そのあくる日は、十一時から十七時までの出社スタンバイ。先日、予定外でシカゴに飛んだのでスケジュールが大幅に変更されている。

朝食はすっかり元気になった成海と一緒に。彼女が作ってくれたコーンポタージュスープがおいしくて、一日のいいスタートが切れた。

「それじゃあ、行ってくる。成海、じっとしてろよ。買い物も帰りに俺がしてくるから欲しいものをメールして。もし飛ぶことになったら連絡する」

「わかりました」

仕事は休みの彼女だが、掃除や洗濯にいそしみそうだと思った俺は釘を刺してから出かけた。

秋の高い空を見上げて思わず深呼吸してしまうのは、成海と一緒にいられて気分が弾んでいるからなのかもしれない。

スタンバイのパイロットは、オペレーションセンターにショーアップ――顔を出したあとは別室にいても許されるため、自習室に向かう。何事もなければ今日はここで勉強をする予定だ。将来、飛行の全責任を負う機長を目指すためには、少しでも多くの知識を身につけ、様々なシミュレーションを重ねておかなければならない。

機長になるには、操縦士の最上位である〝定期運送用操縦士〟の試験に合格し、さらには〝機長認定〟もパスする必要がある。晴れて定期運送用操縦士となっても、半年ごとにある審査に合格し続けなければ、機長として勤務できない。

パイロットは、旅客機の操縦を辞めるその日まで、勉強が必要な職業なのだ。

廊下を歩いていると「月島さん」と声をかけられて振り向いた。

「籠橋か」

駆け寄ってきたのは京子だ。

「これからフライト？」

制服に身を包んでいる彼女に尋ねるとうなずいている。

「福岡《ふくおか》往復なの。一輝くんは？」

「職場ではそう呼ぶなと言ったはずだ」

よく知った仲ではあるが、職場ではきちんと線を引きたい。

「他人行儀ね。誰もいないからいいじゃない」

「制服を着ている間は、パイロットとキャビンアテンダントだ。それを忘れるな」

「はーい」

不貞腐れる京子は、二十五歳になった今でもまだ子供だなと感じてしまう。とはいえ、仕事はきちんとこなしているようだ。

「俺はスタンバイだ」

「そうだったの。……この前倒れたグランドスタッフ――」

「問題なかったよ。過労みたいだ」

俺は過労だと濁した。成海は仕事を続けたいと意気込んでいるのだから、自律神経がどうだとかあまり広げたくない。

「そっか。……やっぱりほかのグランドスタッフに任せておけばよかったのに。付き合ってるんじゃないかって噂になってて……」

彼女は言いにくそうに話す。

「噂なんてどうでもいい」

俺は気にしないし、成海と結婚するのだから問題ない。そもそも、京子と俺が恋人同士だという噂のほうが大きいのではないだろうか。それも、京子がこうして親しげに話しかけてくるせいだ。

「でも！　彼女、グランドスタッフの中でも問題児みたいよ。ドジばかりで、いつもパックスともめて――」

「そのくらいにしておけ」

言い方がきつかったからか、京子は気まずそうに視線をそらす。

でも、これくらいで済んでよかったと思え。

ドジばかり？　乗客ともめてる？

そうだとしたら、成海が大変な乗客を担当しているからだ。後輩の伊東さんの話では、彼女が困っているといつも助け船を出すらしいし。

倒れたのも、責任感が強すぎるせいだ。先輩からはストレスのはけ口のように叱られ、後輩のミスをカバーして頭を下げ、という生活をずっと続けているのだから、倒れたって誰も責められない。

成海がいなければもっと大事になっているかもしれないのに、なにが問題児なんだ。

俺は沸き起こる激しい怒りをなんとか呑み込み、深呼吸する。

「かず……月島さんの噂、お父さんの耳にも入っちゃうよ。困るでしょう？」

京子が俺の腕をつかんで訴えてくるので、さりげなく振りほどいた。

俺は籠橋機長の耳に入るほうが助かるのだが。

「フライトいいのか？」

これ以上話していたくなくて、腕時計をトントンと叩きながら聞くと、「……うん。

行ってきます」と渋々離れていった。

はぁ、と大きなため息が出るのは、俺が婚約を断り続けているのが京子だからだ。

結婚する素振りのない俺を心配した籠橋機長から、一年ほど前に『京子はどうだ？』と話をもらってから、彼女はもうすっかりその気でいる。

でも、京子はあくまで尊敬する機長の娘であって、生涯をともにしたい相手だとは思えない。

だから何度も、『京子さんとの結婚は考えておりません』と断りを入れてきた。けれども、京子が乗り気になっているものだから、父親としてはその願望を叶えてやりたいらしく、引いてくれないのだ。

それに彼女は多分……俺を好きなわけじゃない。

「強行突破しかないな」

京子のうしろ姿につぶやいてから、自習室へと足を進めた。

勉強をしていると、スマホにメッセージが着信した。成海からだ。

【豚肉が食べたいです】のひと言に口元が緩む。料理名ではなく肉指定とか。

成海とのやり取りだと、こんな些細《ささい》なことでも楽しい。

【わかった。体調は？】

【元気です。ちゃんと寝てますよ】

言い訳のように付け足す彼女に早く会いたい。

俺はスマホをテーブルに置き、再び勉強に没頭し始めた。


幸い駆り出されることなく、スタンバイは終わった。

明日は国内線の福岡便に搭乗予定。再び羽田に戻って、次は新千歳《しんちとせ》に飛ぶ。そして千歳にステイだ。

希望通り豚肉を買って帰ると、成海はキッチンに立っていた。

「ただいま。寝てるんじゃなかった?」

「あ……。お腹空いちゃって」

ばつが悪そうに言うが、空腹だったわけではないだろう。おそらく仕事だった俺に気を使って料理を作ったのだ。

「なに作ってるんだ?」

「冷蔵庫覗いたら材料があったので、ミネストローネです」

昨日の夕飯の買い出しに行ったとき、成海の体に優しいものをと考えてそろえておいた野菜が役立ったようだ。

「いいにおいだ。豚肉買ってきたぞ」

追加の野菜や魚もだけど。

こんなやり取りをしていると、もうすっかり夫婦になった気がして顔がにやけそうになる。

テーブルにかたまり肉を出すと、彼女は目を丸くしたあとクスクス笑い始めた。

「まさか、ブロックが来るとは」

「じゃあ指定しろよ」

「だって、一輝さんの食べたいものでいいから」

サラッと一輝さんと呼ばれた俺は、不覚にもドキッとしてしまった。

「煮豚にしましょう」

俺に背を向け、てきぱき動きだした彼女に近づき、背中から抱きしめる。

「キャッ」

大げさなほどにビクッと震える成海は、「な、なに？」と問う。

「なにって、夫婦のスキンシップ？」

耳元でささやくと、固まっている。

「練習しておかないと、人前でボロが出る」

「……そう、ですね」

素直に従う彼女がおかしい。やっぱり真面目だ。

でも緊張はちっとも解けず、棒を抱きしめているかのようだった。

あまりにガチガチになっているのがかわいそうになって解放すると、息をスーッと吸い込んでいる。

おいおい、息はしろよ？

成海がいると楽しくて飽きない。

その後、着替えを済ませた俺も手伝い、料理がテーブルに並んだ。

「うまそ。いただきます」

早速手を合わせてミネストローネを食べ始める。

「一輝さん、料理お上手ですよね」

豚肉を指定した成海が最初に手を伸ばしたのは、とろとろに仕上がった煮豚だ。味付けを俺が担当したのだ。

「海外から帰ってくると、大量の食材を買い込んで引きこもるんだ。次のフライトまでに時差ボケを直しておきたいし、休みが不規則で一緒に飯を食ってくれる友達も捕まらないから」

そう言うと、成海は大きくうなずいている。

「そうそう。友達がいなくなっていくんですよ。お盆とかお正月とか、皆お休みで集まる時期は繁忙期でシフトもみっちり入ってるし。早番で早めに帰れても、普通の会社勤めをしている友達は仕事中だし」

やっぱりそうなるんだな。

「夫婦も同じだ。すれ違うことも多いと思うけど、不満はその都度吐き出してほしい」

そう伝えると、ミネストローネに手を伸ばしていた彼女は固まった。

よくフリーズする女だな。戸惑いがわかりやすくて面白いけど。

「……私たちは偽の夫婦ですから」

「偽装であろうがなんだろうが、夫婦なんだ。仲良く暮らせたほうがいいだろ？」

もっともらしいことを付け足すと、「そうですね」と納得している。素直すぎて詐欺にでも遭うのではないかと心配だ。

「そういえば、明日は千歳にステイなんだ。お土産、なにがいい？」

毎日飛行機を見ていても、彼女たちは飛ぶわけじゃない。できれば、各地の楽しみをお裾分けしたい。

「北海道《ほっかいどう》か……。おいしいもの、いっぱいですよね」

笑顔の彼女はミネストローネを食べながら考え始めた。

「北海道といえば、乳製品かなぁ」

「前にフレーバーバターを姉貴に送ったら喜んでたぞ。ウニやワサビ入りのがあるんだけど、パスタに絡めたりご飯にのせたりしてあっという間になくなったって」

珍しいと思って送ったら、『次はいつ北海道に飛ぶ？』と催促があった。

「それいい！　おいしそう」

彼女はおいしいものには目がないらしい。俺もだから、趣味が合う。

「それじゃあそれと、ほかにもいろいろ詰め合わせて送る。明後日は一旦羽田に戻るけど、そのあと伊丹《いたみ》も往復するから」

国内線は一日三フライトも珍しくない。

「うわ、ハード……。今さらですけど、B777に乗ってるんですか？」

そういえば、B777の話はしたが、どの機種に乗っているかは言ってなかったな。

「そう。籠橋機長がB777だったから俺も。本当は機種を選べないんだけど、籠橋機長がかけ合ってくれて希望が通ったんだ」

「そうだったんですか。あこがれのB777を操縦している人が目の前にいるなんて……」

「いるだけじゃなくて夫だぞ、俺は」

彼女は興奮気味に語るが、俺はＢ７７７の副操縦士である前に、成海の夫だ。

「で、ですから、ふたりのときはそういうのは……」

頬を赤く染める彼女は、びっくりするほど純粋だった。

「急に夫婦のふりができるほど器用じゃないだろ？　普段も夫婦らしい行動をしておかないと、すぐにバレるぞ」

なんて、俺がそうしたいだけなんだけど。

真顔で言うと、彼女は渋々うなずいている。

「そういえば、アメリカのシップのだけど、コックピット内の写真、見る？」

「見ます！」

ついさっきまで恥ずかしそうにしていたのに、しっかり食いついてくる彼女は、本当に飛行機好きなんだろうな。

「でも、なんでアメリカ？」

「日本の航空会社は厳しいんだよ。計器類を撮影して社外に持ち出したらアウト。ＦＪＡもそういう規則になってて、でも勉強したくてアメリカ研修時代に譲り受けたんだ」

「そうなんですね。それじゃあ、貴重な一枚ですね」

最近はウェブにもよく上がっているが、貴重と言えば貴重かもしれない。厳しい訓練中の思い出の一枚でもある。

「計器は映ってないけど、うちの会社が公開している離陸のときの映像もあるかも」

「もちろんそれも！」

その輝く目を、俺にも少しは向けろよ。

「それじゃあ、風呂に入ったあと、上映会な」

「すぐ食べます」

勢いよく食べだすのがおかしい。でも、元気が戻っていて胸を撫で下ろした。

成海は一緒にベッドに入るのを拒んでいたくせして、寝室のテレビに離陸時の映像を流すと、ベッドの上の俺の隣でじっと見ていた。さりげなく腰を抱いてみたものの、まったく気づく気配もない。

俺、飛行機に負けてる……。屈辱だな、これは。

苦笑しながら、いつか彼女と一緒に旅行に行きたいと考えていた。

「はぁ、すごい」

映像が終わったと同時に感嘆の声をあげた彼女は、放心している。

「外資が公開してる夜景バージョンもあるはずだから探しておくよ」

「お願いします！ ……あっ」

勢いよく顔を俺のほうに向けてから目を真ん丸にしているのは、距離の近さに驚いたからのようだ。成海は体をずらして少し離れた。

なんだよ、寂しいじゃないか。

「B777の特徴知ってる？」

「はい。車輪が三列ですよね。父に教えてもらいました」

そのお父さんに早く挨拶に行きたいが、焦る必要もないか。離すつもりはないのだし。

「そう、正解。ちなみにB777―300は胴体が七十三メートルもあるから、地上走行のときにそれぞれの車輪が誘導路からはみ出していないか確認するためのカメラがついている」

狭い日本の空港では特に役立つ。

「えー、知らなかった……」

「ほかは？」

「あっ、ウィングレットの形が少し違うものがあるとか。くわしくは知らないんですけど」

　ウィングレットまで知っているとは、本当に好きなんだな。

　これは燃費向上を目的として、主翼の先端につけられているものだ。発生する大きな渦――翼端渦《よくたんうず》をなくして抵抗を少なくすることで、燃費向上に効果がある。

「うん。主翼の先端が立ち上がっているブレンデッド・ウィングレットが採用されている航空機が多いけど、B777にはレイクド・ウィングチップと呼ばれるものがついている機種がある。役割は同じでも、形状が異なる」

　どれも燃費向上を目的としてつけられているが、少し形が違う。立ち上がってはおらず、後方に曲がったような形をしている。

「ほかにもいろんなウィングレットがあるから、注意して見てみると面白いかもしれない」

「はい！　次の勤務で舐《な》めるように見ておきます」

「あはは。仕事しろよ」

　彼女に限って仕事をさぼるようなことはないだろうけど、休憩時間を全部ウィングレットの見学に費やしそうだ。

「仕事、不安か？」

彼女は明日、もう一日休みだが、俺が千歳ステイの間に勤務が始まるはずだ。

「また倒れたら……と思うと怖いですけど、今の仕事を辞める気はありませんし……」

そこで言葉を濁し、なぜか俺をチラリと見る。

「どうした？」

「一輝さんと同居なんてありえないと思ってましたけど、意外と楽しくて。仕事でのストレスをなくすことはできなくても、ひとりでいるよりずっと早く復活できるような……あっ」

俺は思わず彼女を抱きしめた。

そんなかわいいことを言うと、襲うぞ。

「俺も楽しいよ。疲れて帰ってきても、成海の顔を見るだけで元気になる」

ずっと前から彼女のことは気になっていたが、声をかけてからこんなに短期間で、これほどはまるとは思わなかった。

「そ、そんな……」

「このまま本当に結婚しようか」

俺はそうしたい。成海以上の理想の女性なんてこの世にはいないと断言できる。

「もう、そういう冗談はやめてください」

俺の胸を押して離れた彼女は、少し怒ったような顔をしている。

でもこれは、冗談じゃない。

「成海――」

「そんなことばかり言うなら、ソファで寝ます」

「わかった。もう言わない」

反射的にそう口にしたものの、すぐに後悔した。

まあ、ゆっくり時間をかけよう。

「明日もフライトなんですから、そろそろ休んでください」

「うん。成海もだ」

元気になったとはいえ、病み上がりなんだぞ？　俺の心配はいいから自分をいたわれ。

俺は彼女の腕を強引に引いて寝かせ、布団をかけた。

今はこれで我慢しよう。

俺は布団の中の成海の手にさりげなく触れてから目を閉じた。

偽の妻でも妻らしく

一輝さんと同居なんてどうなることかと思いきや、かなり楽しい。

ひとりなら休日もだらだら過ごし、時間があるがゆえ、余計なことも考えてしまう。乗客から責められた言葉だとか、先輩から吹っかけられた無理難題とか……。忘れればいいのに、ふと頭に浮かぶのだ。

でも、一輝さんのマンションに転がり込んでから、夕食になにを作ろうかとか、掃除しておこうかとか、いい意味で忙しくて充実している。

倒れてしまったものの、ここに来てからぐんぐん調子が上向いている。

一輝さんの友人のドクターに念入りに検査してもらったという安心感もあるのかもしれないが、一輝さんと話しているのが楽しくて、気持ちが沈まないで済むのだ。

倒れて休みをもらってしまったが、今日は久々の早番だ。しかし、以前のように三時に起きる必要がなく、四時までぐっすり。たった一時間ではあるけれど、早朝の一時間の違いは大きい。今日は栄養補助食品ではなく、昨晩用意しておいたチキンサラダとパンを食べてから出勤できた。

「おはようございます。先日はご迷惑をおかけしました」

朝のブリーフィングで頭を下げる。先日とは別のチームだが、私が倒れたという噂は広まっているはずだ。

「びっくりしたよ。　もう平気？」

「はい。　ちょっと疲れていたようで。気をつけます」

そう言うと、今日も一緒になった伊東さんが心配そうな顔で見ていた。

「そっか。今朝、タクシーにいなかったから休みかと思った。どうやって来たの？」

今日は会社に申告して別ルートのタクシーに乗ってきたので、いつも同乗していた先輩から指摘されて、焦る。

一輝さんと夫婦を装うことになったものの、どうすべきかなにも聞いていないからだ。

「……通勤が大変だったので引っ越しをしまして」

「そうなんだ、いいな。どこに引っ越したの？　家賃高くない？」

実家から通っている先輩も引っ越したいのか、食いつかれて冷や汗が出る。

「古いアパートなので、そんなには……」

なんて、あの立派すぎるタワーマンションを頭に思い浮かべながら思いきり嘘をついた。だって、グランドスタッフの給料で住める物件じゃないもの。

「そっか。私も探そうかな」

「ブリーフィング始めるよ。まずは――」

デパーチャーコントローラーが場を仕切りだすと、雰囲気が一気に引き締まった。

その日の業務は特に大きな混乱もなく、あとはフランクフルト便のチェックインカウンターの仕事を残すのみだ。

体調も悪くはなく、わりとシャキシャキ働けていると思う。

「あと一便、頑張ろうね」

隣に立った伊東さんに声をかける。

「はい」

彼女は笑顔で返事をしたが、あまり元気がない。先ほど先輩に仕事が遅いと叱られていたからだ。

とはいえ、カウンターを開いたあとは、疲れたとか元気がないとか言ってはいられない。乗客が長い列を作り、私たちの手続きを待っている。

「パスポートを拝見いたします。お荷物はここに載せていただけますか?」

大きなトランクを抱えた夫婦を担当し、重量超過を心配したがギリギリセーフ。

「ありがとう」と思わず心の中でつぶやく。

しかし、隣の伊東さんが乗客のパスポートを手に困惑の表情を浮かべていた。

私は一旦自分のカウンターを閉め、声をかける。

「どうした?」

「パスポートの残存期間が足りないんです」

あぁ、時々ある例だ。

「滞在期間が三カ月以内ならビザはいらないと聞いたぞ。なんで乗れないんだ!」

四十代くらいの男性が興奮気味にまくし立てる。

帰りは七日後のようだ。ビザはクリアしている。

「おっしゃる通り、ドイツ滞在時のビザはそのような取り決めがあります。ですが、入国時にシェンゲン協定加盟国を出国する日より三カ月以上の残存期間があるパスポートを持っていることが義務づけられておりまして、ドイツもこちらにあたります」

ややこしいので、このようにカウンターで入国できないと発覚することはままある。

「そんなもの、現地で知らなかったと言えばなんとかなるだろ。とにかく乗せろ」

しびれを切らした男性は、私たちを威圧してくる。伊東さんは唇を噛みしめてうつむいてしまった。

「申し訳ございません。お乗りいただけません」

「お前じゃ話にならん。責任者連れてこい！」

男性はさらに声を大きくして私に詰め寄った。

すぐうしろに控えているデパーチャーコントローラーにも声が届いているはずなのに出てこない。責任者だと名乗り出ても、ドイツに入国可能になるわけでもないので同じだけれど。

どうしよう……と一瞬迷ったものの、一輝さんの『できる範囲でできる努力をすればいい』という言葉を思い出して、顔を上げた。

「パスポートの残存期間が足りませんと、例外なく、フランクフルト空港での入国審査が通りませんので入国できません」

行けばなんとかなるほど甘くない。

「その場合、最短の便で帰国となります。一歩も入国できない上、帰りの便のチケットを買い直していただかなければなりません。それでもよろしければ、お乗りくださ い」

乗客にひとつもいいことはないし、実は航空会社もとても困る。

こうした入国不適格旅客を通称インアドと言うのだが、インアドは日本入国の際にも時々あり、その対応を私たちグランドスタッフが行う。乗客を乗せて運んだ航空会社に責任があるからだ。それだけでなく、航空会社に罰金が科せられる場合もある。『お乗りください』なんて啖呵を切ったが、本当は乗せるわけにはいかないのだ。

「はぁっ？」

すごんではいるが、男性の怒りのエネルギーが少し小さくなったように感じる。もうひと押しだ。

私はカウンター内にあるパソコンのキーボードを打ち始めた。

「ちなみにお調べしましたところ、お戻りは最短で到着翌日の早朝便になります。フランクフルト空港がどうなっているのか存じませんが、ここ羽田で同じようなことがあれば、空港内の個室に一泊していただきます。いっさい外出できませんし、食事は小さな窓からお客さまのリクエストをお聞きした上、私たちが差し入れる形になります。犯罪者の気分だとおっしゃる方もいて――」

「もういい！　キャンセルだ」

ちょっと煽りすぎかなとも思ったけれど、あきらめてくれたようだ。

私は心の中で冷や汗を拭った。

「かしこまりました」

最後は満面の笑みを添えて。

「伊東さん、お願いできる？」

「はい」

そして私は、自分の担当に戻った。

すべての手続きが終了してカウンターを閉めると、伊東さんが近づいてきた。この便は搭乗ゲートを担当しなくてもいいので、これで業務終了だ。

「逢坂さん、ありがとうございました。私、泣きそうで……」

かなり威圧的に乗せろと言われていたから仕方がない。

「よく頑張ったね」

「自分で対処できるようにならないといけないのに……」

先輩から仕事が遅いと叱られたのは、こうしたクレーム処理がうまくないからだ。でも、最初は誰だってそうだし、私も今日はたまたまうまくいっただけ。

「ドンマイだよ。私も『乗る』と言われたらどうしようって、心臓バクバクだったもん」

そう口にしながら、一輝さんの顔を思い浮かべた。そもそも彼の助言がなければ、あんなふうに言い返せなかったかもしれない。

「そうは見えませんでしたよ？」

「あはっ。私、できる範囲でできる努力をすればいいと教えてもらったの。そうしたら心が軽くなった。伊東さんもそうしよう。ね？」

「はい」

「私、ちょっと用があって、失礼するね」

笑顔が戻った彼女と別れて向かったのは、飛行機がよく見えるスポットだ。担当したフランクフルト便が停まっていて、グランドハンドリングの人たちが荷物を積み込んでいた。

荷物も適当に搭載するわけではなく、機体のバランスを考えながら積む位置を計算するロードコントロールを担当するスタッフもいる。改めて旅客機一機飛ばすのに、多くの人の力が必要なのだなと思った。

フランクフルト便は、B787という機種だ。

「あれがレイクド・ウィングチップか。美しい……」

この旅客機にB777の一部の機材と同じ形状のウィングレットがついていることは、あらかじめ調べてきた。

流れるような形状をしているそれは、美しいという言葉がぴったりだった。太陽に照らされた白い機体からは、威厳すら感じる。

一輝さんは、今頃空の上かな。

今までは飛行機のことしか頭になかったのに、同居しだしてからは、ふとした瞬間に彼の顔が浮かぶ。

私、一輝さんのことが気になってる？

『このまま本当に結婚しようか』なんて、プロポーズみたいな冗談を言うからよ！

でも、これは偽装結婚なのだ。彼が押しつけられているという縁談を断れば、私たちは他人に戻る。

一輝さんと話すようになってから日は浅いけれど、飛行機好きなのも同じだし、会話も弾んで楽しい。そんな彼との生活が終わる日を考えると、少し寂しい気もする。

「夕飯なににしよ」

フランクフルト便のカーゴドアが閉まるのを見ながらつぶやいた。

一輝さんが帰ってくるのがうれしいのだ。

私はたっぷり旅客機見学をしたあと、更衣室に向かった。

「ちょっと待って」

更衣室の手前で、キャビンアテンダントにいきなり話しかけられて足を止める。

あれっ、この人会ったことがある。誰だっけ……。

マスカラをしっかりのせて、くっきりアイラインを引いている彼女は、目が大きくてきれいな人だ。動作に品があるのは、教育の賜物なのだろう。キャビンアテンダントの訓練も厳しいと聞くし。

「なにか？」

尋ねると、なぜか彼女の眉間にしわが寄る。いい女が台無しだ。

「あなた、先日倒れたグランドスタッフよね」

そう言われて思い出した。京子さんだ。

一輝さんが私を診療所に連れていってくれようとしたとき反対した、あの。そして、一輝さんが尊敬する籠橋機長の娘さんだ。

「はい、そうです。その節はご迷惑をおかけしました」

「逢坂さんだったかしら」

「はい」

どうして名前を知ってるの？

「月島さんに近づかないでくれる? あんな注目を浴びて、変な噂が飛んだらどうするの?」

「変な……?」

優しいパイロットだという印象は広まったかもしれないが、〝変な〟とはなんのことだろう。

首を傾げると、彼女はきれいに整えられた眉をつり上げた。

「月島さんは将来を期待されたコーパイなの。あなたみたいな女と噂になったら、迷惑でしょ?」

私と、噂? それはもしかして男女の仲の話?

「彼は優しいからなにも言わないでしょうけど、もう近づかないで!」

すさまじい剣幕で釘を刺され、ただ瞬きを繰り返す。

すると、怒りを顔ににじませた彼女は、私をにらんで去っていった。

近づかないでって……一緒に住むことになったんだけどな。

すでに一輝さんが引っ越し業者の手配をしてくれた。彼の行動力には驚くばかりだけれど、体調が万全でない今は助かる。

京子さん、一輝さんのことが好きなのかな。

「あっ……」

まさか、一輝さんの縁談のお相手は彼女？

たしか、籠橋機長の家にもよく招かれていて、彼女が大学生の頃から知っていると話していた。一輝さんを気に入った籠橋機長が、娘と結婚させたいと思っても不思議ではない。

しかも、一輝さんはマイペースなところはあるものの基本優しく、容姿も完璧。そして、なによりパイロットとして優秀なようだ。彼女は機長から仕事ぶりを聞いているだろう。

そんな京子さんが、一輝さんに恋をしたとしてもまったくおかしくはない……どころか好きになるよね、と納得してしまう。

「どうしよう……」

こんな身近に相手がいるとは考えもしなかったけれど、当たっているような気がする。

とにかく、一輝さんに話を聞かないと。そしてこれからどうするつもりなのかも相談しなければ。

どうやら京子さんは、私たちの結婚――といっても偽装だが――をまだ知らないようなので、一輝さんも話していないはずだ。

なんだか大きな荷物を背負ってしまったように感じて、飛行機見学で上がっていたテンションが、一気に急降下していった。

その日の夕食は、牛肉と豆腐のすき煮、レンコンのきんぴら、そしてなめこのみそ汁と白菜の漬物。一輝さんは国内線だったのに、無意識に和食を作ってしまった。

一輝さんから【無事に到着】とメッセージが入ったのは、二十時半過ぎ。

今日は天候もよく、強風などが要因となるゴーアラウンドは、私の勤務中一件もなかったと小耳に挟んだ。

しかし、バードストライクや機材の故障等、なにがあるかわからないため、やはり地上に戻ってくるまでは心配が尽きない。もちろん一輝さんたちパイロットは、どんな状況に陥っても冷静に対処できるように厳しい訓練を受けているのだけれど。

【おかえりなさい】

これではまるで夫婦だと思いながらも、メッセージを送信した。

彼が帰ってきたのは一時間後。

「ただいま」

玄関で出迎えると、一輝さんは口角を上げる。

「おかえりなさい」

「いいね、こういうの。帰ってきたら新妻が笑顔で出迎えてくれるって、幸せかも」

偽装だとわかっていても、新妻なんて言われると照れてしまう。でも、私もこのやり取り、嫌いじゃない。

「昨日のメッセージの返信できなくてすみません。寝てしまったので」

「わかってるから大丈夫」

昨晩は倒れた反省もあって、いつもより早めにベッドに入った。そのあと【体調は悪くない?】と心配のメッセージをもらっていた。でも、今朝は彼がまだ眠っているだろう時間に出勤したので、起こしてしまうと思い、送らないでおいたのだ。

「元気そうだな。よかった」

「はい。もうふらつきもありません」

そう答えると、彼は私の目線に合うように腰を折りじっと顔を見つめてくる。

な、なに?

「それがいけない。成海は元気だと過信してすぐに無理をする」

心配してくれているんだ。

「そうですね。ちゃんと自分をいたわります。でも、やっぱり家が近いのは最高です。朝寝坊できました」

といっても午前四時起きなのだけれど。

「だろ？　いいにおいがするな。腹減ったんだよ」

「もうできてますから、着替えてください」

本当に新婚のようだ。照れくささもあるが、心が弾んでいるのは否めない。

もし、一輝さんと本当に結婚したら――。

ふとそんな妄想をしてしまい慌てて打ち消す。けれども、なぜか胸がチクンと痛んだ。

なんだろう、この痛み。京子さんのことが気になっているからかな。

彼にしっかり話を聞かなければと思いながら、キッチンに戻った。

テーブルに料理を並べていると、一輝さんがダイニングにやってきた。

「うまそうだ。そういえば、例のバターとチーズを適当に送っておいたから」

「ありがとうございます。楽しみ」

料理をテーブルに運び、向き合って席に着くと早速食事の開始だ。

「成海の料理はなんでもうまいな」

「父とふたりでしたから、よく作ってたんです」

「そっか」

彼は少し眉をひそめたものの、すぐに笑顔になる。

「それじゃあ、温かい家庭を作らないと」

そして、みそ汁をひと口飲んでからしみじみと言うので、心臓がドクッと大きな音を立てた。

「そんな。本当に結婚したみたいじゃないですか」

「今は夫婦なんだから、いいだろ？」

本当に、夫婦のふりなんてしても大丈夫なのだろうか。

レンコンにも箸を伸ばす彼は「ピリ辛だ」と喜んでいる。辛い物が好きらしい。

「あの……。一輝さんの縁談のお相手って、籠橋機長の娘さんですか？」

私は思いきって尋ねた。すると彼は箸を止め、レンコンをごくんと飲み込む。

「そうだけど」

サラッとひと言。それがどうした？という口ぶりに、目が飛び出そうになった。

「お断りしていいんですか？　すごくおきれいな方だし、機長の娘さんだし……」

「だから？」

平然とした顔の彼は、今度はすき煮に手を伸ばしている。

「京子と結婚する気はない。妹みたいな存在だけど、生涯をともにする女じゃない」

彼女のことをよく知らないので、一輝さんとの相性がどうなのかなんて私にはわからない。ただ、少なくとも彼女のほうは彼に気があるように感じた。それなのに、結婚したなんて嘘をついても平気なの？　不誠実ではない？

なんと言ったらいいのかわからず黙っていると、すき煮を咀嚼《そしゃく》した一輝さんは再び口を開く。

「俺の人生は俺のものだ。誰かに勝手に決められたくない」

きっぱりと口にする彼には、なんの迷いもないように見える。

「その通りですけど」

それには全面的に賛同する。私もそうありたいからだ。

でも、縁談を断るために嘘をつく私としては、少し肩身が狭い。

「俺が一緒にいて安らげるのは、成海みたいな女だ」

「わ、私？」

彼の口から思いがけない言葉が飛び出し、目を瞠《みは》る。

「なに驚いてるんだ？　嫌いな女と同居できるほど、俺は器用じゃない」

さすがに嫌われているようには感じないけれど、安らげる、なんて。私もそうだから、驚いたのだ。

「京子に会った？」

「んっ」

鋭い質問が飛んできたので、口に入れたばかりのご飯をごくんと飲み込んでしまった。

「お前、ちゃんと噛め？」

慌てる一輝さんは隣にやってきて、お茶を差し出したあと背中をさすってくれる。

「すみません。大丈夫です」

「嘘がつけない女だな。その様子じゃ、会ったな」

なにも口にしていないのにバレてしまった。

『あなたみたいな女と噂になったら、迷惑でしょ？』というきつめの言葉を投げつけられたが、彼が尊敬する機長の娘さんなのだから、黙っておきたかったのに。

再び席に戻った彼は、私をじっと見つめる。その目力が強くて、冷や汗が出た。

「で？　なにを言われた」

「いえ……」

追求から逃れたくてうつむいたのに、凛《りん》とした声で「成海」と呼ばれて視線を合わせないわけにはいかなくなる。

「なにか言われたのはわかってる。俺はその内容を教えろと言っているんだ」

彼の険しい顔を見て、背筋がピンと伸びる。これは見逃してもらえなさそうだ。

「……噂が……」

渋々切り出すと、彼の右の眉が上がった。

「どんな？」

「私と一輝さんが関係あるような噂が立つからって……」

「迷惑だと？」

濁したのに、彼のほうから言われてしまった。

再び視線を外して控えめにうなずくと、ふぅと大きなため息が聞こえてくる。

「わかった。京子には俺が釘を刺しておく」

「あぁっ、いいですから」

そんなことをしたら余計に大事になりそうだ。

「いや、でも……」

「京子さんが一輝さんとの縁談を意識しているのなら、当然そういう反応になるのでしょうし。彼女がお相手だと知らなかったのでびっくりはしましたけど」

冷静に考えたら、結婚をカムフラージュまでして縁談を断らなければならないなんて、相当しがらみがあって断りにくい人なのだから、相手が京子さんだとすぐに気がつくべきだった。

「それに、女の世界にはいろいろあるんですよ。一輝さん、皆のあこがれなんだもの。やっかみの目は避けられません」

と自分で言いつつ、偽装結婚を承諾したときは、そんなことを少しも考えていなかったのでため息が出そうになる。

結婚はそもそも本人たちの気持ち次第だとは思うけど、その相手が人気者の副操縦士となると、多少の恨みつらみは覚悟したほうがよさそうだ。

そこまで考慮して、偽装結婚を受けるべきだった。

「皆のあこがれって、俺は好きな女からの愛があれば十分だけど?」

そう口にする彼がなぜか熱い視線を送ってくるので、勝手に鼓動が速まっていく。

「そういうこと、その顔で言わないでください」

その〝好きな女〟が私を指しているわけではないとわかっていても、愛をささやかれているみたいでドキッとする。

「じゃあ、どの顔で言うんだよ。この顔しか持ち合わせがないんだけど」

「えっ？　……あははは」

深刻な雰囲気だったのに、そのひと言で和んだ。

でも、これからこの先、どうしたらいいだろう。

落ち着いて考えなければと思いながらレンコンを口に運んでいると、「お代わりある？」とみそ汁の椀《わん》を差し出された。

「ありますよ」

インスタントで済まさず、出汁からしっかりとってよかった。気に入ってもらえたみたいだ。

お椀を片手にキッチンに行くと、彼までついてくる。

「座っててください」

「こういうの、ちょっとあこがれだったから頼んだけど、共働きなんだし俺もやらないとな」

あこがれって、お代わりを頼むのが？

「いえっ、あの……」

「京子のことでなにかあれば、すぐに俺の耳に入れて。できれば早めに篭橋機長に成海を紹介したいんだけど、休みが合わなくて……」

彼は私の腰を抱いて真剣な顔で言う。

「やっぱり、嘘をつくなんてまずくないですか？」

京子さんの剣幕に、腰が引けている。純粋に彼女が一輝さんに恋をしているのなら、こんなふうに嘘をつかれたらきっと傷つくはずだ。

「成海に負担をかけてすまない。でも、俺はもう何度も断りを入れてきたんだ。機長にも、京子本人にも」

京子さんにも？

私のお相手なのに！という怒りが前面に出ていたので、一輝さんはお父さまの機長に対してしか断りを入れていないのかと勘違いしていた。

「そうでしたか」

「今までも妹のような存在だったし、この先も変わらない。同じ業界で働く者として、互いの仕事をリスペクトし合いながら、成長していければと話した。京子を女として見ることはない」

断言する彼の意思は固いらしい。

ただ、それだけ言われても折れない彼女の気持ちも強そうだ。だから、偽装結婚をしてあきらめさせようと思ったのかもしれない。

「うーん……」

とはいえ、私の立場は複雑だ。

「京子は俺が好きなわけじゃないと思う」

彼が妙なことを言うので、みそ汁をよそっていた手が止まる。

「好きじゃない？」

でも、お断りしても承諾してくれないんでしょう？

「いや、なんでもない。大盛りにしておいて」

「了解です」

彼が話を切ったのが気になったけれど、それ以上聞き出せる雰囲気ではなかった。

お風呂のあとは、ベッドに入ってまたコックピットからの映像を見せてもらった。

「感動です」

「コックピットからの夜景は本当に美しい」

「あっ、すみません。パイロットの動作ばかり見てました」

今日は外資系航空会社の映像なので、計器も映っているのだ。

正直に答えると、隣の彼は噴き出す。

「この、飛行機オタクが！」

「あはっ、知ってたでしょ？　一輝さんもこんなふうに操縦してるんですね」

「まあね。でも最初の頃は緊張で夜景を楽しむ余裕もなかった」

そりゃあ、乗客の命を預かっているのだから楽しいばかりではないだろう。

「成海と一緒に乗りたいな」

「私、一輝さんが操縦かんを握るB777に乗りたいです！」

「お前さ、それじゃあ隣で夜景が見られないだろ？」

そっか、そういう意味なのか。

ベッドの上でぴったりくっついて座っているのだから、あまり意識させないでほしい。彼はこういうシチュエーションに慣れていても、私は心臓が持たない。

「……このお仕事、大変ですけど格安で乗れるのは魅力ですよね」

顔が赤くなっている気がして、話をそらした。

オフシーズンなら、運がよければ正規料金の九割引きくらいでチケットを買えることもある。そのために働いているという旅行好きの先輩もいるくらいだ。ちなみに滞在先にFJA航空関連のホテルがあると、そこも格安で宿泊できる。

「まあ、そうだな。いつも海外に飛んでるから、それほど旅行に行きたい欲求はなかったけど……」

一輝さんはそこまで言ったあと、私をじっと見つめて黙り込む。

「な、なんですか？」

沈黙に耐えられなくなり口を開くと、彼は目を細めた。

「俺も変わったな」

「ん？」

「女と旅行に行くなんて、面倒だと思ってたのに」

彼は意味深長な笑みを浮かべる。

「つ、冷たいんですね」

「そう。結構冷たかったかも」

過去形で話すのは、今はそうではないと言いたいから？

一輝さんと出会ってから冷酷だという印象はまったくないので、信じられない。

そういえば……。

倉田先生が『仕事しか興味がない冷めたアイツが、女性のことであたふたするとは意外でした。……大切なんですね、逢坂さんのこと』と話していたのを思い出した。

たしかに、先生も〝冷めたアイツ〟と言っていたっけ。あのとき、私を献身的に介抱してくれた一輝さんのどこが冷めているのだろうと思った覚えがある。

でも、私が大切って……。

今までは冷たかったのに、私が大切な存在になったから、一輝さんが『俺も変わった』と話している……わけないか。

一輝さんは、最近はそういうふうに気持ちが変わってきたと事実を口にしただけだし、倉田先生の解釈は単なる誤解だ。

なに勘違いしてるんだろう。偽の妻のくせに図々しい。

私はとんでもない想像をした自分を戒めた。

「あっ！　そういえば、レイクド・ウィングチップ見ました。B787のものですけど、美しかった……」

自分の考えを見透かされるのが嫌で、無理やり話を変える。

「勉強熱心だな。それじゃあ、もうひとつ教えようか」

「ぜひ！」

思いきり食いつくと、クスクス笑う彼はなんだか楽しそうだ。

「B777のテール部分が左右対称じゃないのは知ってる？」

「いえ、知りません」

実際の機材を何度も見ているはずなのに、そういう細かな部分には目が行っていなかった。

「飛んでいないときの電力供給に使うAPUという補助動力装置があるんだけど、その排気口が正面から見て右側だけにある」

「へぇー、早速チェックしなくちゃ」

「別に美しくはないぞ」

彼はやっぱりおかしそうに笑う。

偽装結婚なんてありえないと思っていたのに、こうして現役パイロットから飛行機談話が聞けるなんて最高だし、一輝さんも優しいのでこの同居は嫌じゃない。

どうやら冷たかったらしい彼にも笑顔が見られるし、このまま妻のふりを続けてもいいかな……と思ったけれど、眉間に深いしわを刻んだ京子さんの顔を思い出して打ち消した。

「一輝さん、次はロサンゼルスですね」

「うん。明後日の夜だな」

その日私は遅番なので、もしかしたら担当できるかもしれない。

「なんでうれしそうな顔してる？」

なぜか不機嫌になった彼に腰を抱かれて、ビクッと震えた。

「そんな顔してませんよ？」

一輝さんの便を担当できるかもしれないと思うだけで心躍っているなんて、恥ずかしすぎて言えない。

「LAは二泊四日なんだ。俺が帰ってこないのが、うれしいんじゃないのか？」

「まさか！」

驚きすぎて大きな声が出てしまった。

「それじゃあ、俺がいるほうがいい？」

そうなのだけど、照れくさくてとっさにはうなずけない。

今日も、インアドになりそうだった乗客に威圧的な態度をとられたが、彼と話していたら胸のモヤモヤなんてどこかに飛んでいった。

同居の提案をされたとき『ストレスを感じたときはひとりで悶々としないほうがいい』と話していたけれど、その通りになっている。

一輝さんのためになんの料理を作ろうか考え、無事の帰宅を少しハラハラしながら待ち、一緒に食卓を囲む。そしてほかの人からは引かれるような趣味に理解を示す彼から、特別講義を授けてもらえる。

嫌な出来事を振り返る時間なんてないのだ。

「一緒にいたいなら、そう言えよ」

「……いたい、です」

正直に答えると、彼は口に手を当て、目を真ん丸にしている。

答え、間違えた？

「あー、えっと──」

「成海」

慌てて取り繕おうとしたのに、一輝さんの強い視線に縛られて動けなくなった。

「ほかの男には絶対に言うな」

「えっ？」

腕をつかまれたあと強い口調で制されて、今度は私が目を丸くする。

「成海は、俺の妻なんだ」

「は、はい」

切羽詰まった様子を不思議に思いながら、『はい』と答えた。

その返事に満足そうな一輝さんは、いきなり私を引き寄せて耳元に口を寄せる。

「ひとりにしてごめんな。すぐ帰るから、待ってて」

なに、この甘い声。

心臓の高鳴りが止まらない。

声が出せずにコクコクうなずくと、彼は「今日は寝るか」と私を布団の中に引き入れた。

彼がロサンゼルスに旅立つ日。仕事に出かける直前に「俺がいない間、戸締まりちゃんとしろよ」と、まるで小学生を相手にするような注意をされて苦笑した。でも、心配してくれているのは伝わってくる。

少しも冷たくなんてないじゃない。

「引っ越し手伝えなくてごめん。重いものはそのままにしておけばいいから。帰ってきてから俺がやる」

「お願いします」

引っ越しの日程をあれこれ練っていたものの予定が合わず、彼の不在中になってしまった。ただ、私の体調を気遣い全部お任せパックを頼んでくれたので、なにもしなくていいらしく、とても助かる。

「成海。仕事はできることをできるだけでいい。苦しくなったらいつでもいいから電話しろ。フライト中はごめん」

玄関でパンプスを履くと、そう言われて心が軽くなる。

苦しい局面はなくならなくても、この先、グランドスタッフとして楽しく勤務できそうだ。

「ありがとうございます。一輝さんも気をつけて」

「うん」

なんだか名残り惜しい別れになったが、笑顔で家を出た。

オフィスに着くと、早速、今日一緒に行動するグランドスタッフたちとのブリーフィングが始まった。予定表にロサンゼルス便があるのを見て心の中でガッツポーズをする。

今までも一輝さんが操縦する便を担当したことはあるだろうけど、パイロットが誰なのかなんて気にしたことがなかったため、新鮮な気持ちだった。

私は張りきって、最初のチェックイン業務に入った。

「逢坂さん、動線変えてきてくれない？」

「わかりました」

デパーチャーコントローラーからいきなり指示が飛び、すぐさま動きだす。

到着便から乗客を降ろしたあと、今度は出発便の人の流れに合わせて、ボーディング・ブリッジ付近のベルトパーティションの位置を変更しなければならないのだ。急ぎ足で向かうと、ちょうどクルーが降りてくるところだった。この時間、乗客の姿はない。

「お疲れさまです」

私はパイロットたちに頭を下げたあと、動線を変え始めた。しかし、三人のキャビンアテンダントに囲まれたので首を傾げる。

「あの……」

グランドスタッフに伝言でもあるのかと声をかけると、ひとりのキャビンアテンダントがなぜか眉をひそめて「あなたが」と話し始めた。

「なんでしょう」

私に用がある？　でも、私はこの人たちを知らない。もしかしたら業務中にやり取りをしているかもしれないけれど、いちいち覚えていないし。

「身のほど知らずさんね」

なんのこと？

その挑発的な発言だけでなく、彼女たちの視線が好意的にはとても見えず、緊張が走る。

「月島さんの前でわざと倒れたんでしょ？　そんなことまでして気を引こうとするなんて最低ね」

とんでもない言いがかりに、声も出ない。

「月島さんには恋人がいるの！　グランドスタッフがキャビンアテンダントに勝てるとでも思ってるの？」

別のキャビンアテンダントからも責められ、そちらに視線を向けると、彼女の肩越しに京子さんが見えた。

そうか。彼女に指示されたんだ。

私は気持ちを落ち着けるために、スーッと大きく息を吸ってから口を開く。

「職種によって勝ち負けなんてあるでしょうか？　グランドスタッフにはグランドスタッフにしかできないことがありますので、私は自分の仕事に誇りを持っています」

グランドスタッフをバカにしたかのような口ぶりが悔しくて、言い返した。

「は？」

あからさまに眉をつり上げたキャビンアテンダントから不愉快全開の声が漏れ、ひるみそうになったものの続ける。

「もちろん、キャビンアテンダントになるために狭き門をくぐらなければならないのは知っています。でも、飛行機を定刻通りにそして安全に飛ばすために心を砕いているのは私たちも同じです」

ＦＪＡ航空におけるキャビンアテンダントの採用試験の倍率は高いが、グランドスタッフもかなりの数の希望者が集まるため、試験突破は簡単ではない。

ただ、キャビンアテンダントの試験に落ちてしまい、一時的にグランドスタッフとして働く人もいるのが現実だ。彼女たちは英語力を磨きながら、キャビンアテンダントの求人が出るのを待つのだ。実際に合格した人もちらほらいる。

おまけに、キャビンアテンダントはＦＪＡ航空本社での採用。一方、グランドスタッフは子会社での採用となるため、グランドスタッフのほうが下に見られることは多々ある。

しかし、私たちだって飛行機を飛ばすために必要な人員だという自負がある。もしグランドスタッフがいなかったら、大混乱になるはずだ。

もちろん、乗客の命を預かるパイロットや、保安要員の彼女たちの責任の重さはわかっている。でも、私たちが卑下されるいわれはない。

私の反論が想定外だったのか、三人は目を見開いて黙り込んだ。けれど、京子さんがつかつかと歩み寄ってきて、私の前に立った。

「だから？　そんなことはどうでもいいわ。一輝くんの前から消えて」

「できません」

拒否の言葉を口にすると、気色ばんだ彼女の右手が上がり……。

――バチン。

私の頬に振り下ろされた。

「生意気なのよ！　立場をわきまえなさい。行くわよ」

京子さんは痛烈なひと言を放ち、三人を引き連れて去っていった。

「……立場ってなに？」

叩かれた左頬を押さえながらつぶやく。

冷静に考えると、一輝さんは譲らないという宣戦布告をしてしまったのかもしれない。

ただ、きちんと言い返さなければ、全グランドスタッフがバカにされている気がして止められなかったのだ。

黙って蔑みの言葉を受け取っておけば、こんな事態にはならなかっただろう。でも、後悔はしていない。

一輝さんは『京子のことでなにかあれば、すぐに俺の耳に入れて』と話していたけれど、さすがにこれは言いにくい。私が煽ってしまったようなところもあるのに、間違いなく彼は気にする。

そういえば『京子は俺が好きなわけじゃないと思う』と意味ありげな言葉を口にしていたが、あれはどういう意味だったのだろう。あのときは濁されてしまったけれど、そう感じるなにかがあるのだろうか。

だとしたら、やはり偽装結婚の相手を引き受けて、京子さんとの縁談を白紙にすべきなのかもしれない。

彼女が一輝さんから離れるつもりはないとわかったし、一輝さんも、尊敬し、世話になっている機長の娘さんとあらば、何度も断りを入れにくいはずだ。けれども、さすがに結婚してしまったら、京子さんも引くしかなくなる。

「あっ、戻らないと」

そろそろチェックインカウンターを開ける時間だ。

私は慌ててベルトパーティションを動かして動線を変更したあと、持ち場に急いだ。

その後の業務は順調に進んだ。といっても、カウンターの次に担当した搭乗ゲートでは、チェックインしたはずの若いカップルが時間になっても現れず、走り回って捜す羽目になった。

結局、免税店で見つかり事なきを得たので、順調と言っていい。

苗字の異なる男女だったが、新婚旅行かもしれない。たとえ旧姓でも、ビザや航空機のチケットとパスポートの名前が一致していれば問題なく旅立てるからだ。

けれども以前先輩が会話を弾ませようと『新婚旅行ですか?』と何気なく尋ねたら、実は不倫旅行だったという出来事もあったので、安易に聞かないようにしている。

そして次はいよいよロサンゼルス便のカウンター業務だ。

まずは、欠員補充のため最近入社してきた新人グランドスタッフの川辺《かわべ》さんにフロアサービスのやり方を改めて説明し始めた。フロアサービスでは自動チェックイン機を使う方の手助けをしたり、カウンターに並ぶ前にその乗客が並ぶべきカウンターはここで正しいのか確認したりする。

ときには他社のカウンターについても尋ねられるが、ビザやパスポートのチェックなどはしなくてもいいため、新人が立つケースが多いのだ。

「緊張するのはわかるけど、笑顔笑顔。わからなかったらデパーチャーコントローラーに聞けばいいんだよ」

まだこの仕事に就いて四日目らしく、顔がこわばっている彼女にアドバイスをした。

『聞けばいい』なんて言ったが、カウンターがオープンすると殺伐とした雰囲気になるので、声をかけにくいのも承知している。でもここができないと、ほかの業務は間違いなくできないのだ。乗り越えてほしい。

「はい」

「ほら、硬いよ」

私は緊張がほどけない彼女の頬を指でツンと突いた。

「成海」

そのとき、突然名前を呼ばれたので振り返ると、クルーの列から離れた制服姿の一輝さんがコツコツと革靴の音を響かせてこちらに向かってきた。

ラフな服装でも思わず周囲の人が視線を向けてしまうようなオーラを漂わせているが、制服姿だとまた格別だ。完璧に着こなしているし、その凛々しい姿に目が釘づけになる。

でも……成海って呼んだ？　まずくない？

「お、お疲れさまです」

「新人さんかな？　成海にしっかり教えてもらって。彼女、頼れるから」

「はい」

褒めてもらえているのかな、これは。とはいえ『成海』を連発するので冷や汗が出る。

無意識なのではないかと思いさりげなく首を横に振ってみたものの、彼は素知らぬ顔をしていた。

「お前、ここ赤くないか？」

おまけに、ためらいなく私の左頬に触れて言う。

しかも、お前って……。成海のほうがまし？　いや、どっちもまずい。

川辺さんは私と一輝さんの顔を交互に見て、不思議そうにしている。

「ちょっとぶつけてしまって。あはは」

京子さんに叩かれたあとカウンターに戻ったら、先輩からも指摘された。でも、もうほとんどわからなくなっているはずなのに、気づくとはすごい。

「本当か？」

一輝さんは私に強い視線を送りながら問う。嘘を見透かされそうで焦ったけれど、川辺さんもいるし京子さんの件は明かせない。

「はい。以後気をつけます」

「うん。行ってくる。例のバター、届いたから冷蔵庫入れといた。食べていいから」

「え……。わ、わかりました。行ってらっしゃい」

なんとか挨拶をしたものの、私の頭の中はパニックになっていた。この会話、同じ家に住んでいるのが確定だ。

一輝さんはさわやかな笑顔を残して去っていったが、川辺さんの視線が痛い。それに、先ほど一緒に歩いていたキャビンアテンダントも、絶対に私たちが話しているのを見ていたはずだ。

これは、どうすべきなの？

「逢坂さん、彼氏さんですか？」

「あー、どうかな」

偽装結婚を承諾しているのに違うとは言えず、かなり不自然にごまかす。いや、さすがにごまかせてはいないか。

「コーパイですよね。かっこいい」

川辺さんは私の『どうかな』を〝そうです〟と解釈したようだ。

この状況ではそうなるだろうけど、どう説明したらいいの？

いきなり訪れたピンチに、妙な汗をかく。

彼女はまだ一輝さんのことを知らないようだけど、カウンターに顔を向けると先輩たちが私をじっと見ていた。

これは間違いなく針のむしろになる。

京子さんとあんな一件があったばかりなのに、どうしよう……。

一輝さんの登場で川辺さんの緊張はほぐれたようだが、今度は私がガチガチになってしまった。

川辺さんと別れてカウンターに戻ると、早速先輩たちに囲まれる。

「なんで月島さんと話してるの?」

「ちょっと知ってまして……」

先輩たちの目が怖すぎて、曖昧にごまかす。

遠くから眺めているだけのあこがれの副操縦士と馴《な》れ馴れしく話していたのだから、こうなるのもうなずける。

結婚を取り繕うならば、こういう事態も想定しておくべきだった。でも、まだ心の準備ができていない。

それに、京子さんとの縁談を避けたいだけだったら、大っぴらに夫婦のアピールをする必要はないんじゃ……。ほとぼりが冷めれば破局する予定なわけだし。

「月島さんは籠橋さんと付き合ってるんだから、余計なチャチャ入れたらダメよ」

そう言われて、離れたところに立っている川辺さんを見てしまった。

あの会話を聞いていたら、『ちょっと知ってまして』という程度の付き合いではないのはわかるはずだ。

川辺さんに口止めしておくべき？　でも、なんと伝えればいいの？

「あー……」

「ね、月島さんと知り合いなら、コーパイ集めてもらってよ」

「コーパイ？　どうしてですか？」

「月島さんはやっぱり無理だもん。合コンよ、合コン！」

先輩はあっさり一輝さんをあきらめたようで、次のターゲットを要求してくる。

パイロットなら誰でもいいのかしら。と思ったけれど、一輝さんが私に副操縦士であることを隠していたのを思い出した。

たしかに、パイロットだと知られると面倒なのかも。先輩たちは職業ばかり気にしているもの。

「いや、それはちょっと……。あっ！　もう時間ですよ」

まだ五分前だったが、わざと声を張りあげて自分が担当するカウンターの準備に入った。

ロサンゼルス便は搭乗ゲート業務も担当だったので、少し早めにカウンターを閉めてそちらに向かった。

早速機内への誘導が始まり、念入りに搭乗券とパスポートのチェックをする。間違った乗客を乗せてしまったら、大変なことになるからだ。

「行ってらっしゃいませ」

〝この飛行機は、優秀なパイロットが操縦かんを握っていますからご安心を〟という気持ちを込めて、乗客に笑顔で会釈しながら案内をした。

私は搭乗するわけではないけれど、一輝さんと仕事を共有できた気がして気持ちが弾んでいる。

無事に最後の乗客を送り出し、私たちの仕事は終わった。

更衣室へと向かう先輩たちと別れ、B777がゆっくりと、しかし堂々たる様で滑走路へと進んでいく様子を眺める。

自動操縦があるとはいえ、気象状況、燃料の残量、他機の位置などを常に考えていなければならないパイロットたちの心労は、計り知れない。

しかし最近の旅客機のオートパイロット機能は性能がよく、悪天候で視界が悪くても難なく飛べるのだとか。

絶対にミスが許されない環境だからこそ、任せられるところはコンピューターに頼り、リスクを軽減する。そうした判断がパイロットには求められると一輝さんが熱く語っていた。

「気をつけて」

私は悠然と進むB777に声をかけ、手を振った。

大きな鉄の塊だと思っていた旅客機だが、そのまま縮小すると計算上は紙飛行機より軽いという。軽量化のために、強化プラスチックやとある日本のメーカーが手掛ける炭素繊維複合材料を使用するなどの工夫がされているのだとか。

そんな最先端の技術の結晶でもある旅客機が、エンジンを全開にして滑走路を走りだす。

行ってらっしゃい。

私は一輝さんに向かって心の中でつぶやきながら、すーっと浮くように飛び立ったB777をしばらく眺めていた。

遅番二日目の翌日も、とてもいい天気だった。マンションの窓から高い空を眺めると、旅客機が着陸態勢に入っている。

東京国際空港は、年間着陸数二十万以上、年間旅客者八千五百万人以上を誇る年もある、日本では断とつ、そして世界でも有数の大きな空港だ。

一日にすると六百便以上も着陸していて、それをさばいている職員たちのマンパワーのすごさを思い知る。

私もそのうちのひとりなのだと思うと、少し鼻が高い。

十時間ほどかかるロサンゼルスに無事到着した一輝さんから昼前に電話が入った。

私はフライトを心配していたのだが、『体調は？』とこちらが気遣われた。

「元気です」と答えながら、京子さんの行為が頭をよぎったけれど、口をつぐんでおいた。ロサンゼルスにいる彼に打ち明けたところでどうにもならない。それより。

「一輝さん、あんなふうに話したらまずいですって」

彼と京子さんが付き合っていると思い込んでいる先輩たちは、私たちの仲を疑うようなことはなかったが、あれから川辺さんと話す時間がないまま帰宅してしまった。

今日の出社が恐ろしい。

『わざと話しかけたに決まってるだろ』

「は？」

あなたはそのあと飛んでしまったからいいでしょうけど、私は大変だったのよ。

無駄にかっこいいんだから、ファンだらけなのだと自覚しておいてくれないと困る。

『は？じゃない。俺たち、夫婦だろ』

「京子さんの前でだけ、夫婦のふりをすればいいじゃないですか！」

抗議すると小さなため息が聞こえてきた。

『バカだな。それじゃあすぐにバレる。ＣＡの噂話なんて、一日あれば他社まで広がってるぞ。よくご存じで。特に色恋沙汰は大好物みたいだからな』

よくご存じで。キャビンアテンダントに限らず、グランドスタッフも同様。更衣室では、恋愛の噂話で持ちきりなのだ。

おそらく、一輝さんと京子さんが付き合っているというデマも、そうしたところから発生したのだろう。

いや、もしかしたら京子さんが流しているのかもしれない。私を囲んだキャビンアテンダントの仲間は、完全に一輝さんは京子さんの恋人だというような態度だったし。

「うーん」

『女の噂話ほど怖いものはない』

それには同意して、スマホ片手にうなずいていた。

臆測や嘘だらけだと知っているので、私はそういうおしゃべりの輪にはあまり首をつっこまないようにしているのだ。

「後輩は私たちが付き合っていると察したようですけど……」

『うん、いいんじゃない？　もう婚約してると話してもいいぞ。籠橋機長にも近いうちに時間を作ってもらって、報告するつもりだから。そうしたら入籍』

「入籍？」

びっくりしすぎて大きな声が出てしまった。

『結婚するんだろ？』

「ふりでしょ、ふり」

『そういうつもり？』

彼は平然と言うが、じゃあ、どういうつもりよ？

『それより、ちゃんと飯食ったか？』

「あっ、あのバター最高でした。鰹節《かつおぶし》バターが白いご飯と合うったら！」

バターとご飯という組み合わせに最初は躊躇《ちゅうちょ》したが、箸が止まらなくなるほどおいしかった。

『俺のも少し残しておいて』

「もちろん」

『LA土産はな……。オスカー像あるけどいる？』

オスカー像？　アカデミー賞の？

「それはちょっといらないかも」

『だよな』

彼はクスクス笑っている。

『あー、早く帰りたい』

早く帰ってきてほしい。彼とこんなくだらない会話で笑い合いたい。声だけでは足りないのだ。顔を見て、同じ瞬間に頬を緩め、同じものに感動して、ときには怒り……。

まだ一緒に暮らし始めたばかりなのに、そうしたことが楽しくてたまらないのだと気づいた。

「すぐじゃないですか」

『どこでもドアが欲しいな』

「パイロットいらなくなりますよ」

『それはまずい』

会いたいな。送り出してからまだ一日も経っていないのに、こんな気持ちになるとは思わなかった。

千歳ステイだった日はひと晩だけだったし、自分も仕事復帰に向けて緊張していたため、こんなことを考える余裕がなかったが、明日もいないと思うと寂しい。

『あっ、機長に飯誘われてるんだ。もう行かないと』

「行ってらっしゃい」

『成海』

いきなり低いトーンで名前を呼ばれて、心臓がドクンと大きな音を立てる。

「はい」

『帰りを待っててくれる人がいるって、いいな』

そう言われて、なんだか胸が熱くなった。

「気をつけて帰ってきてくださいね」

『サンキュ。また連絡する』

名残り惜しかったが、そこで電話を切った。

偽装結婚なんてと戸惑ったけれど、体調を心配してもらったり、帰りを待ちわびたり……。そういう相手ができて生活が豊かになったと感じる。

これまでは、睡眠のためだけに誰もいない家に帰り、食事も適当で、笑うことすらない淡々とした毎日だった。仕事にやりがいを見出して必死に走ってきたけれど、ストレスを発散する場所もなく倒れてしまった。

この仕事をしている限り、この先ずっとそれが続くのだと思っていたけれど、思いがけず一輝さんと同居するようになり心が弾んでいる。

「あ！」

それで、どうするのよ、今日……。

うまく話をはぐらかされたような気もするけれど、彼は私たちの婚約を早く公にしたそうだ。

といっても……。

無意識に、京子さんに叩かれた左頬に触れていた。

私を敵視しているのが京子さんだけじゃないのが厄介だ。取り巻きはあの数人というわけでもなさそうだし。

「うーん」

空にはばたく旅客機を目で追いながら考える。

いくら好きな人にほかの女性の影があるからって、叩く？

正式にお付き合いしていてこれが浮気なら納得だけれど、ふたりの間には縁談話があるだけなのだし。しかも断っているというのに。

私たちが婚約を発表しても、簡単にそうですかとはいかなそうだ。

そう思う一方で、一輝さんが偽装結婚なんて持ち出した気持ちが理解できた。そこまでしなければ断れない状況なのだ。

「あえて刺されに行くか……」

今後、どう転ぶのかまったく予測はつかないけれど、一輝さんが京子さんと結婚する気がないのはよくわかった。それなら、私がひと肌脱ぐしかない。

ううん、なんで私が？

激しい葛藤でクラクラしたが、なるようになると腹をくくって、化粧を始めた。

今日は十四時半から勤務開始。一輝さんのマンションからだとゆっくり出勤できてありがたい。十四時に空港に到着して、更衣室へと向かった。

「お疲れさまです」

先に着替えている人たちに声をかけ、自分も着替え始める。

「逢坂さん、待ってたよ」

三つ年上の先輩にすごい勢いで食いつかれて、ブラウスのボタンをはめながら身構えた。

「月島さんと付き合ってるとかいう話が回ってきたんだけど、嘘だよね」

「えーっと、あのっ……」

ひと肌脱ごうと決意したのに、肯定したあとの反応が怖くて簡単に言い出せない。

「月島さんは籠橋さんと結婚するんでしょ？　……まさか、浮気？　月島さんに限ってそんな……」

浮気なら、あんなに堂々と近づいたりしないと思うんだけど。

ただ、先輩は昨日別のチームだったし、噂を耳にしただけならそういうふうにとられても仕方がないかも。

「月島さんは、浮気するような人ではありません」

そこは絶対に否定しておかなければと、少しムキになってしまった。

「そうだよね。あの月島さんがチャラかったらショックだわ、私」

先輩は納得しているけれど、彼に対する私の第一印象はチャラ男だった。

「ってことは、ただの知り合いなのね」

そうか、そう来るのか。皆、京子さんと一輝さんの仲は疑おうともしないんだ。私は興味がなくて知らなかっただけで、そのくらい大きな噂になっているのだろう。

「それもちょっと違うというか……」

「それじゃあ、なに？ 実は親戚とか？」

この状況で婚約しましたと言ったら、先輩が固まる姿が目に浮かぶ。

「ブリーフィングに遅れるよ」

「はい」

別の先輩から声をかけられ、一旦会話は終了した。

慌てて着替え、スカーフを手に持ったままオフィスへと足を進める。

しかし、廊下ですれ違った三人のキャビンアテンダントのうちのひとりにいきなり足を引っかけられて、派手に転んでしまった。

「キャッ」

「あら、ごめんなさい」

彼女は床に倒れた私の前に立って謝るが、反省している様子なんてこれっぽっちもなく、にやついている。

京子さんの取り巻き？

立ち上がろうとしたとき、床に落ちたスカーフをパンプスのヒールで思いきり踏みつけられてしまった。

「やめてください！」

スカーフは必ずつけなければならないのに。

スカーフを拾おうとしながら抗議したが、いっそう強く踏みにじられるありさまだ。

「返してください」

こんな陰湿ないじめに負けるわけにはいかない。声を荒らげると、「安藤《あんどう》、なにしてる！」という男性の声が聞こえてきて、安藤と呼ばれたキャビンアテンダントの顔が引きつった。

「いえ、なにも。行くわよ」

安藤さんはほかのふたりを促して、足早に去っていった。

残されたスカーフが破れていて、唖然とする。

もう勤務時間なのに、どうしよう……。

「大丈夫？」

声をかけてくれたのは、一輝さんと同様背が高く、切れ長の目が印象的な男性だった。制服に三本線が入っている彼も、副操縦士のようだ。

「はい、大丈夫です。ありがとうございました」

「もしかして、逢坂さん？」

「そうです」

ネームプレートでわかったのかと思ったが、まだポケットの中にある。それに『もしかして』とは？

「ストッキング、破れてる」

「ほんとだ。すみません」

さっき、転んだときに破れてしまったんだ。

更衣室に替えはあるけれど、ブリーフィングの時間が迫っている。それに、スカーフは替えがない。

「安藤に足引っかけられた？　ケガしてない？」

「え……」

どうしてわかったの？

びっくりして彼を見つめると、優しい笑みを見せてくれる。

「俺、岸本といいます。月島の同期で」

「月島さんの？」

そうだったのか。

「うん。月島から、逢坂さんのこと頼まれたんだ。といっても、俺も飛ばないといけないから、たいしてなにもできないけど」

「頼まれた？」

一輝さんが私のなにを頼んだの？

「婚約したんだよね。おめでとう」

「あっ、ありがとうございます」

予想外の祝福の言葉にしどろもどろになってしまう。しかも偽装なのだし。

「それで、籠橋に嫌がらせされるんじゃないかと心配してる。俺、今日明日は国内線でフライトに余裕もあるから、逢坂さんの様子を逐一連絡入れろって」

まさか、一輝さんがそんなお願いを？

「いえ、大丈夫ですから、なにも見なかったことにしてください」

一輝さんを心配させたくない。フライトに集中してほしい。

私は首を横に振り、岸本さんに訴えた。

「なるほど」

「なにが、でしょう?」

「いや、月島があなたを好きな理由がわかった気がして」

好きな?

声が出そうになったものの、なんとか呑み込んだ。偽装結婚だとは知らない様子なので、バレないようにしなくては。

でも、なにがわかったのか私にはさっぱり理解できない。

「あっ、ブリーフィングが」

「このままじゃまずいな。ちょっとおいで」

岸本さんはいきなり私の腕を取り、オフィスの中に入っていく。今日、一緒に仕事をする仲間のところにたどり着くと、彼は口を開いた。

「デパーチャーコントローラーはどなたですか?」

「私です」

先輩が不思議そうな顔をして小さく手を挙げている。

「すみません。さっき廊下で彼女とぶつかって転ばせてしまったんです。それで、スカーフまで踏んでしまって、こんなふうに」

岸本さんは申し訳なさそうに眉をひそめて、私が持っていたスカーフを皆に見せる。

「ストッキングも破れてしまったようで、ブリーフィングのあと、彼女に履き替える時間をあげてくれませんか？」

「もちろんです」

デパーチャーコントローラーは即答した。

「スカーフは……」

「俺が事情を話して替わりをもらってきます」

声をあげてくれたのは、グランドスタッフ一年目の後輩、筒井《つつい》くんだ。男性のグランドスタッフは珍しくて、力仕事を頼れるありがたい存在でもある。

「助かります。本当に申し訳ない。フライトがあるので失礼します」

岸本さんは、私に目配せをしてあっという間に去っていった。

なんて機転の利く人なのだろう。

どんなときでもとっさに正しい判断を下さなければならないパイロットの頭の回転の速さを感じた。

それにしても、全部自分のせいにして私を助けてくれるなんて、優しい人だ。

「それじゃあ、ブリーフィングを始めます。アサインの確認から。最初の便は――」

デパーチャーコントローラーが話し始めると、皆の顔が引き締まり、一気に緊張感が高まった。

岸本さんのおかげで、問題なく業務をこなすことができた。彼にお礼を言いたいけれど、国内線といっても無数にあり、どの便に乗っているかわからず会うこともままならない。一輝さんに連絡をすればつながるだろうけど、そうすると今日あったことを話さなければならず、それもできなかった。

岸本さんには口止めしたが、一輝さんに伝えてしまうだろうか。

業務中もキャビンアテンダントの姿を見つけるとそわそわする。もちろん、京子さんの取り巻きなんて、その中のほんの一部の人にすぎないけれど、私にはどの人なのかもわからないし。

とにかく、乗客の前でなにかされるのは困る。FJA航空の品格が落ちてしまう。

その日は、荷物の重量超過を見逃してほしいとごねる乗客はいたものの、大きなトラブルもなく仕事を終えることができた。

ただ、更衣室で一輝さんとの仲をあれこれ聞かれるのが面倒で、しばらく旅客機が着陸する様子をお気に入りの場所で眺めていた。

ここ、羽田空港には四本の滑走路がある。地上施設からの誘導電波をもとに滑走路付近まで進入する〝計器進入方式〟の着陸は、三十パターン以上も設定されているらしい。

気象条件などにより、どのパターンを選択するかはそのときになってみなければわからない。中には計器進入で空港に接近し滑走路を視認してから、なんらかの理由でその滑走路の反対側に回り込んで着陸するという〝サークリングアプローチ〟という着陸方法もあり、高い技術を要するとか。

普段乗客として乗っているだけではわからないパイロットの苦労を、一輝さんに初めて教えてもらった。

更衣室が空いてから着替えて、帰宅するために駅に向かった。マンションが近いと、電車もまだ走っていてとても助かる。

そろそろロサンゼルスは朝を迎える頃だ。

海外ステイの場合は、買い物や観光に出かけるケースもあるようだが、帰りの便のために時差ボケの解消に努めなければならず、きっと一輝さんは寝ているだろう。

メッセージを送ろうと思ったが控えて、心の中で「おはようございます」と深夜にちょっとおかしな挨拶をしておいた。

翌日のお休みに、無事に引っ越しを済ませた。私は通勤が楽になって本当に助かっているけれど、京子さんのことが引っかかる。一輝さんは私と入籍すると話していたが、どこまで本気なのかさっぱりわからない。

その晩は、明日には一輝さんが帰ってくると思うと、そわそわして眠れなかった。

翌朝は睡眠不足にもかかわらず、ぱちっと目が覚めた。彼が空港に到着する午前五時半に合わせて、五時には朝食を作り始める。メニューはもちろん和食だ。

以前一緒に旬菜和膳に行ったとき、シジミのみそ汁をおいしそうに飲んでいたのを思い出して、それも作った。ほかにはさんまの塩焼き、ホウレン草の白和え、厚揚げとネギのみそ炒め。

できあがってから、父が好むようなものばかりだなと反省したけれど、和食は好きなようなので食べてくれるはずだ。

——ピンポン。

ご飯が炊きあがった頃チャイムが鳴り、ドアホンを確認した。すると、笑顔の一輝さんの姿があって自然と頬が緩む。

「おかえりなさい」

『ただいま』

マンションの入口を開錠して玄関で待ち構えていると、すぐに彼はやってきた。

「ただいま、成海」

「おかえりなさい。……あっ」

玄関に入ってきた彼は、いきなり私を抱きしめる。

「会いたかった。LAのフライトがこんなに長いと感じたのは初めてだ」

まるで本当の夫婦のような言動に、胸が熱くなる。私も彼に早く会いたくてこのときを待っていたからだ。

しばらくして手の力を緩めた彼が、私の額に額を合わせるので、たちまち心臓の動きが激しくなる。

「浮気、しなかったか？」

「し、しませんよ」

偽りの関係なのに、こんなふうに独占欲を発揮されても困るのだけど。

ようやく離れた彼だったが、今度は手を伸ばして私の頬に触れ、にっこり微笑んだ。

「かわいいな、お前」

「え……？」

ダメだ。息が吸えない。

そもそも異性との交際経験が乏しい私には、こんなにいい男からかけられる甘い言葉への耐性がないのだ。

「キスしていい？」

「はっ、どうして？」

「したいから」

そう答えた彼は、顔を傾けて近づいてくる。

「ちょっ……」

慌てて彼の胸を押し返すと「チッ」という舌打ちが聞こえてきた。

「せっかくいいムードだったのに」

なに言ってるのよ。

「まずい。勃《た》った」

「はいっ？」

爆弾発言に目を白黒させていると、彼は体を震わせて笑っている。

「心配するな。無理やり襲うつもりはない」

そしてそう言ったあと、再び私を抱きしめた。

お、襲う？

「でも、すぐに欲しいと言わせてやる」

耳元で艶やかにささやかれて、完全に思考が停止する。しかも、下腹部に硬いものが当たるので、もうなにも言えない。

「飯作ってくれたんだ。いいにおいがする。着替えて、これなんとかしてくる」

これって、アレよね……。

平然と言い放ち、ベッドルームに向かった彼をポカーンと見送った私は、三度深呼吸してからキッチンに戻った。

白いTシャツと黒のジャージ姿の彼は、テーブルに並べた和食を見てうれしそうに目を細めた。

制服姿の彼は凛々しくて素敵だけれど、こうしてリラックスしている姿も侮れない。

アレ、はなんとかなったようだ。

「帰ってきたらすぐに和食が食べられるって最高だな」

「一輝さん、自分で作ってたんでしょ？」

「こんなすごいものじゃないから」

彼は早速席に着き、「いただきます」と手を合わせる。そして、まずはみそ汁を口に運んだ。

「うまいな」

しみじみと漏らす彼は、私に視線を合わせて頬を緩ませる。

いちいち見つめられるとドキドキするからやめてほしい。

私は素知らぬ顔でさんまに手を伸ばした。

「引っ越し、お疲れ。手伝えなくてごめんな」

「いえいえ。お任せパック、楽ちんでした」

以前からの予定だったので引っ越してしまったけれど、京子さんとのことは本当に大丈夫だろうか。

「よかった。……そういえば、岸本に会ったんだって？」

彼の口から岸本さんの名が飛び出したので、緊張が走る。安藤さんのあの仕打ちを聞いただろうか。

「はい。偶然、お会いしました」

「なにがあった？」

「なにって……」

さっきまで柔らかかった雰囲気が、一気にピリッと引き締まる。

岸本さんから聞いていて誘導しているのか、知らないのかどちらだろう。

「ブリーフィングの直前に転んでしまって、ストッキングが破れたんです。そうしたら岸本さんが機転を利かせてかばってくださって、先輩に着替えの時間をいただけました」

単なる私のミスであれば、着替えの時間はくれてもお説教されたはず。カウンターのオープン時は人手が足りないからだ。けれど、岸本さんが自分の不注意だったとしてくれたことで、『早く戻ってらっしゃい』で済んだのだ。

安藤さんについては触れずに伝えたが、彼はうんともすんとも言わない。伏せていた視線をおそるおそる上げると、思いきりにらまれていた。

「なんで視線を合わせない」

「……ご飯、食べようかなと思って」

なんてごまかしが通用するほど甘くはないようだ。彼は、はぁとため息をついた。

「岸本さん、なにかおっしゃってましたか?」

「うん。成海はいい女だなって」

え!

話が意外なほうに飛び、目を見開く。

「で、しっかり守れだと。それだけ。でも、なんかあっただろ」

まさか、それだけのやり取りで察したの？

「言わないと余計に心配なんだけど」

そう迫られた私は、考えに考えて真実を話すことにした。なにもないと言い張ったとしても、京子さんとその取り巻きの嫌がらせが終わるとは思えない。いつか彼の耳に入る。

私は京子さんにぶたれたことと、安藤さんに足を引っかけられて、岸本さんに助けられたことを打ち明けた。すると、あんぐり口を開けている。

「黙っていてすみません。でも、一輝さんにはフライトに集中してもらいたくて」

「いや、ごめん。ほんとにごめん」

一輝さんは深々と頭を下げるが、もちろん彼のせいではない。

「冷めちゃうので食べませんか？」

もう謝らせたくなかった私は、食事を促した。それなのに彼は箸を置いたまま唇を噛みしめている。

「どうしたらいいんだ。飛んでいる間は守ってやれない」

悔しそうに漏らすが、当然だ。

「コーパイとして操縦かんを握っている間は、パックスの安全を守るのが一輝さんの仕事です」

「成海……」

「岸本さんに、私のことを気にかけてもらえるようにお願いしてくれたんですよね。それで十分です。私、そんなに弱くないんで」

と言いながら、本当は叩かれたときも転ばされたときも盛大にへこんだ。ただ、泣いてメソメソしているつもりも、一方的にやられているつもりもない。

乗客からクレームを浴びすぎて、強くなったのかしら、私。

「けど、それで成海の体調がまた悪化したら……」

「大丈夫です。一輝さんのことを考えていると元気になれるんです」

嫌がらせにはまいったが、落ち込んだ時間はさほど長くない。仕事が忙しいのもあるけれど、一輝さんは今なにをしているんだろうと気になってしまって、気が紛れているような。

「それって、愛の告白？」

「えっ⁉　違いますよ」

とんでもない指摘に慌てふためき言い返したものの、彼は目を細めて口を開く。

「照れなくても」

「違いますって！」

もう一度強めに否定したけれど、彼のことが気になり始めているのは認めざるを得ない。

いや、恋愛経験がたいしてない私が、皆があこがれを抱くような男性と偽装結婚なんて話になって舞い上がっているだけよ。

「明日、籠橋機長が会ってくれることになった。明日は早番だろ？　仕事が終わってから婚約を報告しに行って、すぐに入籍しよう」

入籍するのは、本気なんだ。

「結婚のふりでは、やっぱりダメですか？」

「人事で手続きしないと。戸籍が変わらなければ、すぐに嘘だとバレる」

それもそうだけど……。

当初、籍まで入れるとは思っていなかった私は、言葉が出てこない。偽装結婚を申し入れられたときにも婚姻届がどうとか話していたけれど、冗談だと思っていたし。

「今はまだ婚約の状態だから、成海との結婚を阻止するために京子も手を出してくるんだ。正式に籍を入れてしまえば、それもなくなるだろう」

説得力があるような、ないような。

「でも、そうすると大事になりますよ。大丈夫ですか?」

「よかった」

私は動揺しているのに、よかったとは?

一輝さんの言葉の真意がわからず、まじまじと見つめてしまう。

「なにがですか?」

「入籍なんて嫌だと言われると思ってた」

「あ……」

戸籍まで入れるの?と驚きはしたけれど、嫌だとは少しも思わなかったかも。だって、彼との同居生活が楽しくてたまらないのだから。

「決まりな。俺、来週の木曜、伊丹に飛ぶんだ。大阪ステイだから、お義父《とう》さんに挨拶させてもらっていい?」

てきぱき話を進める一輝さんに戸惑いながら、しばらくこの心地いい生活が続くんだという喜びもあるのは否定できない。

それにしても、父にまで会いに行くとは。でも、結婚するのだから当然か。

まだいまいち気持ちがついていかない。

「私、仕事ですよ」

「うん。だからとりあえず俺だけで行ってくる」

なんて行動力なの？

私なら結婚相手の親に初めて会うのに、ひとりでは絶対に無理だ。

「本気ですか？」

「あぁ。成海を妻にできるんだったらこれくらいなんでもない」

そんなふうに言われて、心臓がドクッと大きな音を立てる。

それじゃあまるで、私を妻にできてうれしいみたいじゃない。いや、結婚したくないと思っている人との縁談を断れるのだから、うれしいのか……。

「それに、会ってみたかったんだよね。B777のエンジンの話、興味あるんだ」

それは私も聞きたい。父と離れてひとり暮らしになってから、もっとくわしく聞いておけばよかったと何度思ったことか。

「……わかりました。連絡しておきます」

お父さん、結婚なんて言ったら腰を抜かしそうだな。でも、喜んでくれるかな。

そう考えると顔がにやけそうになったが、これは偽装結婚なのだと気持ちを引き締める。いつになるかわからないけれど、私たちには別れのときがやってくるのだ。

そう考えると、なぜか胸が痛い。

「それと、京子には俺から釘を刺しておく。今度なにかあったら、すぐに知らせろ」

彼の言い方に迫力があり、ためらいがちにうなずいた。

「その顔だと言わないつもりだな」

「フライトの前は、ちょっと……」

私のことで気持ちを乱してほしくない。

「パックスの安全を守るのが俺の仕事なんだろ?」

きっと操縦かんを握っているときもこんな目をしているんだろうなと思うような鋭い眼差しを向けられ、背筋が伸びる。

「は、はい」

「約束してくれないと、気になって余計に集中できない。それに、成海の夫としての責任も果たさせてほしい」

「一輝さん……」

ほんの少し前まで結婚なんて考えたこともなかった。けれど、夫婦っていいかもしれないと思えるのは、きっと相手が一輝さんだからだ。

「わかりました。ちゃんと耳に入れます。でも、私も一輝さんの妻として、できることはさせてください」

助けてもらうばかりではなく、自分でしっかり京子さんと向き合いたい。たとえ偽でも妻となるのだから、妻らしく振る舞いたい。

「……俺は最高の女と結婚できるんだな」

彼は優しい笑みをこぼす。

「過大評価はやめてください。絶対がっかりしますから！」

優秀なパイロットに言われても、プレッシャーしかない。

「飛行機の話になると夢中になるところとか？」

「それも、そうですね」

「ちょっと抱きしめると、カチカチに固まるところも？」

固まってるの、気づいてるんだ。

「すみませんね」

ばつが悪くて視線を伏せたものの、「成海」と柔らかな声で名前を呼ばれて顔を上げた。

「そういうところ全部含めて最高だって言ってんだ、俺は」

「えっ？」

「がっかりするわけないだろ。パンプス飛ばしながら全力疾走する姿まで見てるんだぞ」

忘れてた！　ううん、忘れてよ！

「あぁぁ、もう」

いたたまれなくなって両手で顔を覆うと、彼はケラケラ笑っている。

「いいじゃないか。だから成海に決めたんだから。ほら、食うぞ」

どういう意味？

なんだかよくわからなかったけれど、厚揚げを口に入れた彼が「いくらでも食べられるな、これ」と喜んでくれたのを見て、私も食べ始めた。

お前が必要だから　Ｓｉｄｅ月島

京子の行動が気になっていた俺は、国内にいるという岸本に成海の様子をうかがっておいてほしいと託した。

といっても、アイツも飛ばなくてはならないので、それで成海を守れるとは思っていない。ただ、ロサンゼルスではどうにもならないため頼るしかなかったのだ。

成海を知らない岸本に顔を教えておく必要があったが、寝顔をこっそり撮影した写真しかなく、どうしても見せたくなかった。

そのため口頭で『くっきりとした二重で目が大きくて、身長は百六十センチくらいで……』と話したが、『そんなグランドスタッフ山ほどいる』と笑われた。

『とにかく一番かわいい女だ』とまとめると、さらに大笑い。『お前がそんなことを言うようになるとは』とつっこまれて、話は終了した。

さすがにこれでは成海を見つけられないと落胆していたのに、ロサンゼルスについてすぐに岸本から電話が入り、『彼女、いい女だな』と言われたときは、眉がピクッと動いた。

おそらく成海に口止めされたのだろう。岸本はなにも言わなかったが、アイツが成海に気づいたということは、京子になにかされたに違いない。それが確信に変わったのは、『しっかり守れ』という言葉だ。

ロサンゼルスに旅立つ前に成海を見つけて近づくと、左頬がうっすら赤らんでいて驚いた。でも、あのときはぶつけたという言葉を信じてしまった。いろいろやらかしている場面を見ているので、彼女らしいなと思ったのだ。

しかし、あれも京子の仕業かもしれないと考えると、背筋が凍った。

早朝。無事に帰国した俺は、業務を終えたあと真っ先にオフィスを飛び出し家に帰った。

元気な成海の顔を見てホッとしたのと同時に、おそらく俺を心配させないために京子についてなにも言わない彼女が愛おしくて、強く抱きしめてしまった。

今すぐ、俺だけのものにする。京子が手出しできないように、結婚という事実を作る。

婚約という曖昧な立場では、成海を守れない。入籍すればさすがに嫌がらせもなくなるだろう。

そもそも京子は、俺が好きなわけではない。年収が高く、自分の仕事も理解してくれるパイロットを夫にしたいというだけなのだ。

以前彼女は、キャビンアテンダントにあこがれている大学の後輩を空港見学に連れてきた。そのとき少し話をしてあげてほしいと頼まれたのだが、待ち合わせの空港内のカフェでふたりが話しているのを聞いてしまった。

『パイロットと結婚すればお金には困らないわ。一輝くんなら父も認めてくれるし』

『好きな人がパイロットだなんて最高ですね』

『バカね。好きなわけじゃないわよ。一輝くん、頭カチカチなんだもん、つまんない。でも、将来は約束されてるのよ。だって、父がかわいがってるし』

京子の言う〝頭カチカチ〟はあながち間違いではない。

俺はパイロットとしての腕を磨くことにしか興味がなく、彼女に遊びに連れていってと言われてもほとんど断っていたし、籠橋家にお邪魔しても、仕事の話ばかりだった。

無論、俺はそれが目的なので満足していたのだが、どうやら距離を縮めたがっていた彼女は不満だったようだ。

そもそも京子を恋愛対象として見たことはなく、尊敬する機長の娘でしかなかったのだが。

パイロットは、機長と副操縦士が組んで乗務する。確固たる序列がある世界ではあるけれど、飛行中は副操縦士も機長に物申せる立場でいなくてはならない。そうでなければ、安全を確保できないのだ。

副操縦士が危険を察知していたにもかかわらず、威圧的な機長が『問題ない』と押しきって事故を起こした例もある。

〝俺の指示は絶対だ〟というような態度の機長も存在するのだが、籠橋機長はまったく違う。

『最終的な責任は自分にある。しかし、人は間違うものだ。だからこそリスクを軽減するために副操縦士の意見も尊重し、検討する。それができないパイロットは機長になるべきではない』

常々そう主張し、社内での教育にも骨を折っている。

そんな籠橋機長を尊敬する俺は、疑問があるとどの機長にも率直にそれをぶつけてきた。だから面倒なヤツだと思っている人もいるようなのだが、籠橋機長が副操縦士はこうあるべきだといつもかばってくれた。そのおかげか、今では臆せず意見を言える副操縦士としてフライトに俺を指名してくれる機長がいるくらいにはなった。

そんな籠橋機長の自宅に招いてもらえて、操縦や旅客機の話を聞けるのがとても貴重で、毎回楽しみにしていた。でも、京子との縁談を持ちかけられたときは正直驚いた。俺にとって彼女は、尊敬する機長の愛娘以上でも以下でもなかったのだ。

俺はそれを機長にははっきり伝え、丁重にお断りをした。しかし、『すぐにとは言わない。京子が月島を気に入っているから考えてみてくれないか』と押され、数回デートらしきものをした。けれども、飛行機とその操縦にしか興味がない俺と、飛行機に搭乗するとはいえあくまで仕事で、特に興味があるわけでもない彼女との間では話も弾まなかった。

挙げ句、後輩とのあの会話だ。

いくら籠橋機長に結婚を望まれても、これればかりは承諾できない。

それに、俺は見つけてしまったのだ。生涯をともにしたいと思える理想の女性を。

成海に偽装結婚を持ち出したのは、ストレス過多で倒れるまで自分の役割をまっとうしようとする彼女が心配だったのもある。通勤がかなりの負担になっているとわかり、すぐにでもそれを短縮してやりたいと思った。

もちろん、付き合ってもいない俺の家に転がり込むわけがなく、それならと偽装結婚を思いついた。京子との縁談から逃れたい俺も助かるし、仕事を続けたいと願う成海の物理的な負担を減らせる。

本当はゆっくり愛を育み、彼女と夫婦になりたかった。

でも、俺はフライトで世界中を飛び回っていて月の半分は家にいないし、休みでも次のフライトのために休息を取らねばならない。

特殊な勤務体系の成海もまた早朝出勤や深夜の帰宅はあたり前で、ふたりの休みの時間がなかなかそろわない。デートに誘うのも至難の業だったのだ。

それならばいっそ同居して同じ家に帰れば、ほんのわずかな時間でも会話を交わせるし、一緒に眠れる。

そう考えての偽装結婚の提案だった。もちろん俺は、偽装を本物にするつもりなのだが、成海はそれに気づいていないようだ。

パイロットの俺をちやほやしてくる女はいくらでもいる。その代表が京子だ。

しかし、パイロットより整備士と言いきる成海は、そんな邪な気持ちは持っていない。おまけに飛行機への愛があふれていて、飛行機への強いあこがれからパイロットになった俺も、彼女と話をできるのが楽しくてたまらない。

もちろんそれだけでなく、仕事に対する真摯な姿勢や、業務外であっても自分ができることには全力を傾ける行動力。それらすべてが彼女の魅力だ。

乗客のクレームを背負いすぎてしまうきらいはあるが、それも責任感の強さがそうさせているのだろう。

常に周囲に気配りができ、苦しくても笑顔を絶やさない成海は、一緒にいるとホッとできるような空気を纏《まと》っている。

緊張を強いられる仕事から解放されたあとは、彼女に触れたくてたまらない。

そんな彼女が一生そばにいてくれたら、きっと幸せな人生になる。

もちろん俺も彼女を守るつもりだ。仕事を続ける以上、まったくストレスがない生活は難しい。それなら、それを発散できるように気を配りたい。そして、もう二度と倒れないように体調に目を光らせておきたい。

ただ、京子との縁談だけは乗り越える必要がある。

できるだけ早く籠橋機長に成海を紹介して、改めて縁談を断る気でいたのだが、アメリカの研修所に赴いていた機長と会えないうちに、成海は傷つけられてしまった。

もう一刻の猶予もなく、機長の帰国に合わせて、アポイントを取りつけたのだった。

そして翌日。結婚報告に向かうために、成海の仕事の終業時間に合わせて空港に迎えに行くと、籠橋機長に初めて会う彼女の顔は緊張でこわばっていた。

昨晩、大切な席だからとクローゼットをかき回して着ていく洋服を悩んでいた彼女が『制服で行きたい』と漏らしたときは噴き出した。

でも、グランドスタッフの仕事に誇りを持っている彼女にとって、制服は正装なのだろう。という俺も、パイロットの制服をそう考えている。

とはいえ制服はさすがにおかしいと、無難にネイビーのワンピースを選んでいた。

今朝はそれを纏って出ていったので、俺もネイビーのスーツを着ている。

成海をピックアップしたあと、田園調布《でんえんちょうふ》にある機長の自宅に車を走らせた。

「籠橋機長、お時間を作っていただいてありがとうございます」

立派な和風建築からは、い草のいい香りが漂ってくる。

「改まってなんだと思ったら……」

玄関まで出てきてくれた機長は、成海に視線を送って眉をひそめた。

「とにかく入りなさい」

「失礼します」

緊張で表情をなくした成海の背をトンと軽く叩くと、彼女は大きく息を吸い込んだ。

機長の前では俺も背筋が伸びるので気持ちはわかるが、いつも通りで問題ないのに。

客間に通され、座卓を挟んで機長の向かい側にふたり並んで座った。するとすぐに奥さまがお茶を運んできてくれる。

「月島さん、お久しぶりですね」

「ご無沙汰しております。本日はできれば奥さまにも聞いていただきたいお話がございます」

いつも奥さまはすぐに退室するが、引き止めた。奥さまからも京子との縁談について度々話をされていたからだ。

「そういうことか」

奥さまが機長の隣に腰を下ろすと、苦々しい表情の機長が斜め前に座る成海を見つめて口を開いた。

すべて察したのだろう。

「私は、彼女――逢坂成海さんと結婚します。そのご報告を」

京子との関係の進展を聞かれるたび、何度も『結婚は考えておりません』と伝えてきた。けれども、俺がなかなか身を固めなかったせいで、余計な期待を抱かせていたところもある。

「京子ではどうしてもダメなのか」

「京子さんがダメだとは申しておりません。彼女はキャビンアテンダントとしても有能ですし、明るいお嬢さんです。ただ、求めているものが異なります」

彼女は俺がパイロットだから結婚したいだけ。パイロットの妻というステイタスが欲しいのだ。

けれども俺は、パイロットであることは置いておいてひとりの人間として接してくれて、なおかつ一緒にいると安らげる成海のような女を欲している。

「求めているもの？」

機長は難しい顔をする。

「いつか籠橋機長のような立派な機長になりたいと精進してまいりました。これからももちろん努力するつもりですので、休日を勉強で潰すようなこともあるでしょう」

機長がうなずいているのは、おそらく自分と同じだからだ。

籠橋機長はすでにパイロットの育成に駆り出されているほどの実力者だが、まだ自身も操縦かんを握るため、〝Line Oriented Flight Training――LOFT〟という、フライトシミュレーターを使った訓練を毎年欠かさず行っている。どんなにベテランの域に達しても、パイロットである限り勉強し続けなければならないのだ。

「必死に食らいついていく覚悟はできておりますが、ずっと強い心を持ち続けるのは至難の業です。へこたれて醜態をさらすときもあるでしょう。京子さんはそんな私をおそらく許せないと思います。私は……弱い私も認めてくれる女性と生きていきたいのです」

機長に胸の内を告げ成海に視線を移すと、目を丸くして驚いている。この結婚が偽装だと伝えてある彼女には話していないからだ。

でも、これは俺の嘘偽りのない気持ちだ。

京子は、完璧なパイロット像を俺に求めている。しかし、私生活にまであの緊張感を持ち込んだら、俺が壊れる。

「月島の醜態など知れている。京子もわかっているはずだ」

機長が反論してくるが、俺は首を横に振った。

「恥ずかしながら、私は機長が期待されているような男ではありません。どこにでもいる平凡なただの男です。機長は、訓練時の異常事態に対処する私を冷静だと褒めてくださいますが、私生活ではまるでダメ。些細なことで心が乱れます」

成海が倒れたとき、頭が真っ白になった。倉田の診察を受けるまで、焦りと緊張でどうにかなりそうだった。

あれから、電話越しの彼女の声に元気がないとそわそわしてしまうし、岸本に意味ありげな電話をもらったときなんて、仕事を放り出してすぐに帰りたい衝動に駆られた。

無論、フライト中は操縦に集中しているが、それ以外の時間は成海のことで頭がいっぱいなのだ。

「……逢坂さんだったかね。君はそういう月島でも受け入れると?」

機長は、今度は成海に尋ねている。ガチガチに固まっている姿を見て助けなければと思ったそのとき、彼女が口を開いた。

「受け入れるもなにも、私はパイロットとして毅然としている月島さんを最初は知りませんでした」

「は?」

俺がパイロットであることが前提で恋をしたと思っているのだろう。成海の発言に機長が目を丸くしている。

「その……ちょっとあやしい人だなと思っていたくらいでして」

それは正直すぎるだろ。と思ったが、これが成海だ。どこまでも素直で純粋なのだ。

「月島があやしい?」

「すみません。私が警戒しすぎていたんです。でも、優しくて気遣いのできる方だとすぐにわかりました。そんな彼が制服姿で歩いているのを見かけて、とても驚きました」

そのときの愕然《がくぜん》とした様子が想像できて口元が緩む。しかも『優しくて気遣いのできる方』というのがうれしかった。たとえこの場を取り繕うための嘘だったとしても。

「見かけて、ということは、あなたも空港職員ですか？」

「ＦＪＡスカイサービス所属のグランドスタッフです」

「グランドスタッフ……」

機長の質問に成海は堂々と答えたが、機長は困惑した表情を見せ、奥さまはハッとした様子で機長に視線を送った。

「京子は、結婚したら仕事を辞めても構わないと言っていたが」

機長は俺が地上職の女性との結婚を望んでいると勘違いしているらしい。というのも、奥さまが元キャビンアテンダントで、ともに空を飛んでいるとすれ違いばかりになるからという理由で結婚を機に退職しているからだ。機長がそれを望んだと以前聞いた覚えがある。

グランドスタッフも不規則な勤務ではあるけれど、海外ステイがしばしばあるキャビンアテンダントのように家を空けたりはしない。俺はそれでも、ふたりの時間が足りないと思っているくらいなのだが。

「私が結婚を決めたことに、彼女の職業は関係ありません。ただ、彼女の仕事ぶりを見ていて惹《ひ》かれたのは事実です」

成海にも話していないことをこうして言葉に乗せると、俺は相当彼女に心奪われているのだなと思う。

隣の成海が真っ赤な顔をしている。その初々しいところも全部愛おしいと思う俺は、間違いなく彼女に夢中だ。

「……そうか。ただ、私たちも京子も、ずっと月島と縁を結べるものだと思ってきたんだ。気持ちの整理がつかない」

機長はため息をつくが、これは相談ではなく報告なのだ。

「ありがたいお言葉ですが、私は彼女と結婚します」

もう一度伝えると、機長は腕を組んでしばらく黙り込んだ。

沈黙が緊張を煽ってくるものの、俺の気持ちはなにがあっても変わらない。

しばらくしてお茶を口に運んだ機長が、俺をまっすぐに見て口を開いた。

「私は月島のパイロットとしての腕はもちろん、冷静な判断力、長けたコミュニケーション能力、そして勤勉さを評価している。常々、私の後継者にするつもりで育ててきた」

「身に余るお言葉です。ありがとうございます」

あこがれの機長からの褒め言葉は、胸に沁みる。

「どうしても考え直すつもりはないのか？」

おそらく機長も肩を落としている奥さまも、京子が俺を好いていると思っているのだろう。でも、京子は〝俺〟を好きなわけではないのだ。〝籠橋機長の後継者になれるかもしれないパイロット〟の妻になりたいだけだから。

「はい。機長にはどれだけお礼を言っても言い足りないくらいお世話になっております。ですが、申し訳ございません」

籠橋機長から受けた影響は計り知れない。

普段は声を荒らげるような人ではないが、フライト中は、わずかな判断ミスでも厳しく叱責される。

パイロット・エラーは事故に直結する。旅客機の事故となると、死を覚悟する大きなものとなるため、絶対に避けなければならない。だからこそ、機長の厳しさは必要なのだ。

それだけではない。機長はわざと間違った発言をして、俺がそれを指摘するかどうかも探ってくる。遠慮して口を挟まなければ大きな雷が落ちるし、間違いに気がつかなければ、パイロットとして失格の烙印《らくいん》を押される。

副操縦士として勤務し始めたばかりの頃は、籠橋機長が怖くて仕方がなかった。けれども、俺を一人前にしようとしてくれているのだとわかってからは、どんなときでも積極的に意見を口にし、議論を闘わせるようになった。

俺が社内で評価されるようになったのは、それからだ。

今の俺があるのは籠橋機長のおかげだと言っても過言ではない。そんな人の期待に応えられないのは心苦しいが、京子を愛することはできない。もし結婚したら、きっと京子も不幸になる。

「今日は帰ってくれ」

「はい。お時間をいただきありがとうございました」

俺は深々と頭を下げたあと、成海を伴って籠橋家を出た。もうここに来ることはないだろうと思いながら。

近くに停めてあった車に乗り込むと、成海が先に口を開いた。

「一輝さん、本当によかったんですか？」

「もちろんだ」

「でも、全然晴れやかな顔をしてませんよ」

自分も眉間にしわを寄せているくせして、ズバリ指摘してくる。

「京子との縁談を断ったのはまったく後悔していない。ただ、俺は籠橋機長に育ててもらったから……」

裏切ってしまったような罪悪感はある。

「だから聞いているんです。本当によかったんですか？」

俺を見つめて質問を繰り返す成海の目は真剣だった。

籠橋機長とは気まずくなるかもしれないが、だからといって成海を手放したりはできない。この先、彼女以上の女には出会えないという確信があるのだ。

「あぁ。成海を選んだことは絶対に後悔しない。俺にはお前が必要なんだ」

勢い余って本音を口にしてしまった。すると彼女は大きな目をいっそう見開き、言葉をなくしている。

「なぁ、あやしい人ってなんだよ」

空気を変えるためにわざとつっこんだ。

「だってあやしさ全開だったじゃないですか」

「どこがだよ」

「どこって、全部です」

少しも遠慮なく言うので噴き出してしまった。

「B777のドックさんが、三本線の入った制服着てたんだもん」

「なんの話だ」

白々しくかわすと、今度は彼女が白い歯を見せた。

やっぱり楽しいや。成海が隣にいるだけで、自然と表情が緩む。

「さて、腹減ったな。ラーメンでも食って帰ろうか」

「賛成です。私、つけ麺がいい！」

「おぉ、了解。どこにしようか」

きっと京子とはこういう会話にならない。きちんと予約したレストランにエスコートされるのを望んでいるからだ。

俺は引きつった顔をしていた成海に元気が戻ったことにホッとしつつ、エンジンをかけた。

幸福の女神が微笑みました

籠橋機長との初めての対面は、心臓が口から出てきそうなほど緊張した。ＦＪＡ航空の顔といっていいベテランパイロットである機長は、凛々しい眉を持つ貫禄《かんろく》のある男性だった。厳しさの中に優しさを持ち合わせた方らしく、人間としても尊敬できるのだとか。

そんな人をだますことに罪悪感がなかったわけではないが、父親を尊敬するからといってその娘と結婚しなければならないというのもおかしい。

そう感じた私は、籠橋機長との面会に挑んだ。

結婚の報告を済ませた一輝さんが珍しく冴えない顔をしていたため、後悔はないのか尋ねてしまった。

すると彼は、機長への恩義から胸を痛めているところはあるようだったが、縁談を断った点については悔いはなさそうだったので安堵《あんど》した。

それにしても、『成海を選んだことは絶対に後悔しない。俺にはお前が必要なんだ』という言葉はなんだったのだろう。まるで本当の婚約者のように扱われて、一瞬息が止まった。

そういえば『このまま本当に結婚しようか』と迫られたこともあった。男性との交際経験が少ない私をからかって面白がっていると思ったけれど、まさか、本気だったわけじゃ……ないよね。

そんなふうに考えると、たちまち鼓動が速まってきて制御できなくなる。

いや、冗談に決まってるじゃない。一輝さんほどの人が私を選ぶわけがない。

でも私……もし彼が、やっぱり京子さんと結婚すると気持ちを翻したら、どうしたんだろう。それじゃあさようなら、とあっさり引けただろうか。

縁談を断ったことに後悔はないか確認したものの、その答えが返ってくるまでドキドキしていた。だから、『まったく後悔していない』と聞こえてきたとき、正直ホッとしたのだ。

私……一輝さんと一緒にいられるのが心地いいんだ。

通勤が楽になるからという理由で彼のマンションに転がり込んだものの、それより、ふたりで過ごす時間の楽しさのほうが手放せなくなっている。

私も彼も不規則な勤務形態なので、いつも一緒にいられるわけではない。それでも顔と顔を突き合わせて食事を食べられる時間は楽しくて幸せで、ずっとこうしていたいと考えてしまう。

……一輝さんを京子さんには渡したくない。

偽の妻のくせして図々しい。でも、自分の心の中にそんな強い気持ちがあるのに気づいてしまった。


機長に挨拶を済ませた翌週の木曜日。一輝さんは、大阪に飛ぶ予定だ。大阪ステイとなる彼は父と会う約束をしている。

今日のために父に電話をして結婚を切り出したら、しばらく黙り込んでしまった。反対なのかと心配したけれど、しばらくすると涙声で『よかったな』と返ってきて驚いた。父が泣くほど喜んでくれているのだと知り、私の視界もにじんだ。

これが偽装結婚でなければよかったのに。

そう思うくらいは許されるだろうか。

近い将来、別れのときがやってくるが、そのとき父になんと言ったらいいのかと胸が痛んだ。

その日、早番だった私は、サンフランシスコ便の到着業務から仕事を始めた。

キャビンアテンダントを見かけるたびに緊張が走るものの、笑顔を崩すわけにはいかない。

順調に荷物ははけていったが、途中で乗り継ぎをした乗客のロストバゲージが発覚して、その対応に追われることとなった。

二十代半ばの女性は不安そうにしている。

「大事なものが入っていて……」

「大変申し訳ございません。ロストバゲージは二日以内にほとんど見つかりますので、少しだけお時間をください」

乗り継ぎ便ではロストバゲージが発生しやすい。私たちはそれを知っているので、自分が旅行者となるときは、大切なものは預けないようにしている。

ワールドトレーサーで早速検索をすると、予想通り乗り継いだサンフランシスコ国際空港に置き去りにされているのがわかった。

「お客さま。サンフランシスコまで乗ってこられた便の遅れのせいで、荷物遅延が発生した模様です。すぐに手配しますので、本日の夜には日本に到着します」

どうやら、乗客の乗り継ぎは間に合ったようだが、荷物までは無理だったらしい。

直行便でないとこういうことは起こり得る。だからこそ、定刻通りの運航が求められるのだ。

「あぁ、よかった。語学学校のお友達にもらった寄せ書きが入っていて」

「そうでしたか。不安にさせてしまい、申し訳ございませんでした」

おそらく留学生だろう。

「私、キャビンアテンダントになりたいんです」

「そうでしたか！」

「小さい頃からのあこがれで。いつか制服を着たいです」

安心した様子の彼女は、ようやく笑みを見せてくれた。

「お待ちしております」

手続きを進めながら、京子さんの顔が浮かんだ。

将来の夢にキャビンアテンダントをあげる子供も多い。そんな素敵な職業なのに、仲間内でギスギスし合っている姿は絶対に見せてはならない。

グランドスタッフといえども、制服を纏っている時点で、幼い子供たちからはキャビンアテンダントのように見られることもあるのだから。

私は改めて笑顔を作り、書類を作成し始めた。

その日は京子さんやほかのキャビンアテンダントと近づくこともなく、無事に業務を終えた。

ただ、一輝さんと私の関係が気になっている仲間たちから休憩時間に質問攻めにされ、とうとう「結婚します」と明かす羽目になった。

もう籠橋機長に報告を済ませたのだし、きっと問題ない。

「嘘……月島さんのこと知らないって言ってなかった？」

一輝さんが副操縦士だと教えてくれた先輩が、思いきり肩を落としている。

「……はい。コーパイだとは知らなかったのですが、実は月島さんのことはその前から知っていました。ごめんなさい」

正直に話すと、目を点にしている。

「そんなに長く付き合ってないってこと？」

「まあ、はい」

交際期間で言えばゼロ日だ。

「電撃的ねー。あぁ、でも月島さんってそんなイメージかも。ビビッときたら即結婚、みたいな」

別の先輩が一輝さんの勝手なイメージを口にしている。

「……でもさ、籠橋さんは？　彼女じゃなかったの？」

おそらく皆が一番気になっているところを、ゲートコントローラーをしている先輩が切り込んでくる。

「くわしくはよくわかりませんけど、お付き合いはしていなかったみたいです」

私があれこれ言うのはよくないと思ったものの、略奪だと勘違いされても困る。これ以上敵は増やしたくないので、曖昧に答えておいた。

「そうなんだー。あのふたりお似合い――あっ、ごめん」

途中で口をつぐんだ先輩が謝ってくるが、たしかに美男美女のふたりが恋人同士だったとしても違和感がなく、お似合いともてはやされるのも理解できる。

でも、一輝さんにはその気がないのだから、これればかりは仕方がない。

「大丈夫です。私が不思議に思っているくらいなので。あはは」

何度考えても、偽装結婚を企てるにしても、ほかに適任者がいたのではないかと思えてしまう。とはいえ、籠橋機長にすでに挨拶をしたのだから、いまさら引き返せない。

緊張のカミングアウトだったが、意外にもグランドスタッフ仲間は「おめでとう」と祝福の言葉をかけてくれた。中でも伊東さんは「絶対に幸せになってくださいね」と瞳を潤ませていた。

問題は、京子さんの息がかかっているキャビンアテンダントだ。籠橋家に挨拶に行ったときは、彼女は勤務中で不在だったが、当然私たちが訪ねたことは耳に入っているはず。

これまでよりずっと激しい怒りをぶつけてくるのは目に見えている。でも、もう前に進むしかない。

着替えを済ませた私は、マンションに向かった。

一度帰宅してから買い物に出ようと考えながら、空を見上げる。そろそろ一輝さんが伊丹空港に向けて飛び立つ時間なのだ。

今日は残念ながら彼の制服姿を拝めなかったが、きっと引き締まった顔でコックピットに乗り込んだだろう。

そんな想像するだけでウキウキする自分がちょっとおかしい。

「逢坂さん」

しかしマンションのエントランスに入っていこうとすると、声をかけられて足を止めた。

「京子さん……」

アイボリーのカットソーにダークブラウンのタイトスカートを合わせた彼女は、仕事中とは違い長い髪を下ろしていて、とても大人っぽく見える。

「あなた、もう一輝くんと一緒に暮らしているの？」

「……はい」

ここで私を待ち構えていたのだから、知っていて来たはずだ。私は正直に答えた。

「そう。いつの間に。話があるんだけど」

ここが自分のマンションならば家に上がってもらうところだが勝手なことはできず、彼女を近くのカフェに促した。いや、一輝さんと暮らす家に彼女を入れたくなかったのが本音だ。

燦々《さんさん》と太陽の光が差し込む窓際の席で、私は彼女と向き合った。

ブラックコーヒーに手を伸ばした京子さんは、私をチラッと視界に入れてからそれをのどに送る。私も紅茶を口に含んだ。

「結婚ですって？　私、言ったわよね」

なにをだろう。『立場をわきまえなさい』という言葉のことだろうか。

黙っていると、彼女は再び口を開く。

「一輝くんはいずれうちの会社を代表するようなパイロットになるはずだったわ。でも、あなたのせいで全部ぱあ」

どういう意味？

「パイロットの世界は上下関係が厳しいの。うちの父はそのトップ。父に逆らえる人はいないわ。コーパイなんて父のひと声でどうにでもなるのよ。機長になれるかしら」

「えっ……」

それは、一輝さんの出世を阻むという警告？　ううん、脅迫？

「一輝さんの邪魔はしないでください。彼は真剣に仕事に向き合っています。籠橋機長も彼の腕を認めているとおっしゃっていました」

「それがなんだって言うの？　パイロットは三千人近くもいるんだから、一輝くんの代わりはいくらでもいるわ」

たしかにパイロットはほかにもたくさんいる。しかし、必死に努力を重ねてきた一輝さんの将来をダメにする権利は、彼女にはないはずだ。

「結婚と彼のパイロットとしての未来は関係ないですよね。一輝さんがお好きだったんでしょう？　彼の今までの努力をご存じですよね？」

縁談を断られて腹を立てているのはわかる。でも、好きだった人の不幸を願うなんて信じられない。

「笑わせないでよ。あんな飛行機にしか興味がない人を好きって……。私は彼が出世すると見込んだから結婚を考えていただけ。優秀なパイロットの妻になりたかったのよ」

彼女の冷たい言葉に愕然として声が出ない。

そういえば以前、一輝さんは『京子は俺が好きなわけじゃないと思う』と漏らした。あれは、彼女の気持ちが純粋な恋や愛ではないと気づいていたからだったの？

「そんな……。あんまりです」

一輝さんが私に対しても最初はパイロットであることを秘密にしていたのは、彼女の本心を知っていたからなんだ、きっと。

「今ならまだ引き返せるわよ。あなたさえ考え直せば、一輝くんは父の下で機長に昇格できるし、私はパイロットの妻になれる。でも、もしあなたたちがこのまま結婚するなら、徹底的に潰してあげる」

ガシャンと音を立ててカップをソーサーに置いた彼女は、私をにらみつけてから去っていった。

まさか……。

意外すぎる展開に、なにを考えたらいいのかよくわからない。

京子さんが一輝さんを純粋な気持ちで好きだったわけじゃないなんて。

もし私たちが別れなければ、一輝さんのパイロットとしての未来を奪うつもり？

籠橋機長はあんなに褒めて、後継者にしたいとまで話していたのに？

籠橋機長の影響力がどれほどのものなのか私は知らない。ただ、素晴らしいパイロットだということは、一輝さんから何度も聞かされた。そんな人が、将来有望なパイロットの芽をつんでしまうだろうか。

京子さんとの縁談を考え直してほしいと話していた機長は、自分がかわいがる一輝さんを義理の息子にしたかったに違いない。そこまで思い入れがある一輝さんの未来を潰す？

でも……娘のためならやるかもしれない。

父だって、天職だった航空整備士の仕事を私のためにあっさり手放したもの。

「どうしたら……」

機長を目指す副操縦士は、一緒に飛ぶ機長に教えを乞いながらいくつものフライトをこなして、航空局の機長昇格試験に挑む。

副操縦士として必要な経験は十年前後にも及ぶらしく、その間に何度も実技試験や身体検査をクリアし続けなければならない過酷な職業なのだ。

それに果敢に挑んでいる一輝さんの未来が、京子さんの気持ちひとつで閉ざされるなんてあってはならない。

あってはならないけれど……籠橋機長に力があれば、一輝さんから機長への道を取り上げるのも可能なのかもしれない。

そんなことを考えていると、不安で呼吸が浅くなる。

「なんで、こんな……」

偽装結婚なんて考えたのがいけなかったのだろうか。

でも、一輝さんが京子さんの本心に気づいていたとしたら、結婚に踏みきれないのも納得だ。機長になるためだと割り切ればそれも受け入れられたかもしれないが、彼はそういう人ではない。

とはいえ、結婚は回避できても、機長への道を閉ざされたなんて。代償が大きすぎる。

京子さんを裏切って私との結婚を選んだわけではないのに。むしろ、彼女の本心をお父さまである機長の前でぶちまけてしまわなかった一輝さんは、機長の親としての面目を潰さないように配慮したのではないだろうか。

一輝さんにどう話したらいいのだろう。

そもそも私たちの結婚は、最初から別れを想定した偽物だった。ほかに大きなリスクができた今、無理して突き進むほどの価値はない。

そう考えると、胸が締めつけられる。

私と一輝さんの関係は、京子さんの手のひらで転がされるほど薄っぺらいものなんだ。

いや、私の気持ちなんてどうでもいい。今は一輝さんのパイロットとしての未来だ。別れたとして……京子さんはそれで許してくれるだろうか。悪いことをしたわけではないのに、許してもらわなければならないのは腑に落ちないが、彼女の気持ちひとつで一輝さんの未来が決まってしまうのなら、どれだけでも頭を下げられる。

とにかく、今晩の父との面会は中止だ。

会わずに破談になったとしたほうが、結婚を喜んでくれた父のダメージもきっと少ない。

私は一旦マンションに帰り、一輝さんに【父の都合が悪くなりました。ごめんなさい】とメッセージを送った。

そして父にも、同じようなメッセージを送信した。

これからについては、一輝さんが東京に戻ってきてから話し合ったほうがいい。

一時間ほどして、一輝さんから【残念だ】というメッセージが届いた。

この関係の終わりに向けて動きだしてしまった……。

そんな絶望と、一輝さんのこれからが心配で、勝手に涙がこぼれてくる。

あぁ、ダメだ。頭がふわふわしてきた。

京子さんに叩かれたときですら大丈夫だったのに、受け止められないほどの強いストレスを感じて、正気ではいられない。

私はなんとかベッドにたどり着き、倒れ込んだ。

こんなときに……。頑張ってよ、ポンコツ。

なにか手段を考えなくてはと思えば思うほど気分が悪くなり、そのまま意識を手放してしまった。


目覚めたのは、翌朝の六時。今日は遅番なのでまだ出勤までの時間はたっぷりある。

おそるおそるベッドから下りてもめまいは起きず、ホッとした。

キッチンに向かったものの、食欲なんてまるでない。でも、また倒れてはいけないと、ゼリー状の栄養補助食品をなかば無理やり胃に流し込んだ。

ふと窓から空を見上げると、まるで私の心の中のように黒い雲が広がっている。昨日チェックした天気予報では、今日は午後から荒れそうだ。

一輝さんは、伊丹から羽田に戻れば業務終了となるはずだが、無事に帰ってこられるだろうか。

天候不順なんて何度も経験しているのに、大切な人が操縦かんを握っていると思うと、過剰に心配してしまう。

それに、帰ってきたらなにをどう話したらいいのかと、まだ迷っていた。

十三時半頃出勤して着替えていると、伊東さんもやってきた。

「お疲れさまです。逢坂さん、顔色悪くありませんか?」

「大丈夫。天気が悪いと、気分も沈むよね」

「そうですね。雨、激しくなってきましたよ」

家を出た頃はまだ小雨だったのに、やはり今日は荒れそうだ。

アサインを確認すると、新千歳便のチェックインカウンター業務が入っていた。この便はどうやら、一輝さんが伊丹から乗務してくる便と同じ機体を使うようだ。羽田で乗務員を一新して、新千歳に向かうのだ。

もうすぐ彼に会える。いつもならそう思うだけで心が弾むのに、天候不順と京子さんの件の不安とが一気に押し寄せてきて、緊張が増してきた。

それでも仕事をおろそかにはできず、笑顔で必死に対応し続けた。

時折すれ違うキャビンアテンダントが私をちらちら見ているような気がしたものの、極力視界に入れないようにした。ストレスフルな今、これ以上心に負担がかかるのはまずい。もう絶対に倒れられない。

いくつかの業務後、新千歳便のチェックインカウンターで仕事を始めた。しかし、しばらくするとトーキーから声が流れてくる。

『FJオールステーション。FJ762便、悪天候のためディレイです』

どうやら一輝さんの便の到着が遅れるようだ。ということは、おそらくこの新千歳空港行きも出発がずれ込むだろう。

乗客からのクレームを覚悟しながら搭乗手続きを続けていたが、762便が着陸したという情報が入ってこない。

「ダウンバーストが発生して、ゴーアラウンドを繰り返してるみたい。ダイバートの可能性もあるから、そのつもりで」

私たちのうしろでデパーチャーコントローラーが指示を飛ばし始めた。

強い下降気流が発生しているせいで、何度も着陸のやり直しをしている。着陸不能の場合は、別の空港に向かうという意味だ。

もし羽田に降りられなければ、次の新千歳便は欠航になる可能性がある。いや、無事に降りられたとしても、この天候では飛べないかもしれない。

私は即座に振り替えできる便があるかを検索した。

ただ、頭の中は一輝さんの心配でいっぱいだった。彼が優秀な副操縦士だということも、ベテランの機長がその隣にいることも、正しく作動する計器があることも理解している。ダウンバーストは珍しくはないし、何度も訓練しているはずだ。でも、不安が拭えず、顔がこわばる。

それから三十分ほどの間は、生きた心地がしなかった。黙々とカウンター業務をこなしてはいたが、笑えていた自信はない。

『FJオールステーション。FJ762便、ブロックインタイムは十六時五十八分です』

トーキーから再び情報が流れてきて、一輝さんが操縦する便が無事に着陸できて駐機場に停止したとわかった。

よかった……。

ホッとしたのもつかの間。四十五分ほど遅延しているため、今後の指示を想定して動かなければならない。カウンター内には緊張が漂い、私も気を引き締めて業務を続けた。

結局その後は天候が回復してきて、グランドハンドリングのスタッフや整備士が頑張ったおかげで、定刻の三十分遅れで新千歳便を送り出せた。

「欠航にならなくてよかったね。今日のダウンバーストかなりすごかったみたいで、ダイバートが続出だったらしいよ」

先輩たちの話を耳にして、一輝さんの心労を思った。

これで彼は帰宅できるはずだが、私はまだ深夜まで仕事がある。彼に早く会いたい衝動を抑えながら、次の到着業務へと向かった。


すべての仕事が終わったのは二十三時半過ぎ。今日は悪天候のため遅延が発生して大混乱だった。とはいえ、すべての便を無事に送り出せたので胸を撫で下ろした。

更衣室で着替え始めると、少し遅れてやってきた先輩が近づいてくる。

「逢坂さん、お迎え来てるよ」

「お迎え？」

「旦那さまよ！　いい声してるんだね。初めて挨拶しちゃった」

一輝さん？

驚いた私はすさまじい勢いで着替えを済ませて出ていった。すると、更衣室から少し離れた廊下の壁にもたれかかってぼんやりしている一輝さんを見つけて駆け寄る。

「お疲れ」

「お、お疲れさまです」

彼は早めに仕事が終わっているはずなのに、ジャケットは着替えているもののまだ黒のスラックス姿だ。

「なんでそんな硬いんだよ」

かすかに口角を上げる彼は、私の背中を押して歩き始める。

「だって、空港にいる一輝さんって、別世界の人みたいで」

「お前、視力悪いの？　同じだろ」

彼はクスッと笑い、私の頭をポンと叩いた。

「仕事してたんですか？」

「うん、ちょっといろいろあって内勤を。で、お前が心配してるだろうなと思って待ってた」

図星を指されて目が泳ぐ。心配なんてしてないと虚勢を張りたいところだけれど、ゴーアラウンドを繰り返していると聞いたときの不安がよみがえり、顔が険しくなってしまった。

パイロットの妻、失格だ。

「まったく」

私の顔を覗き込んだ彼は、あきれ声を出して私の腕を強く引く。そして人気のない階段まで連れていくと、いきなり抱きしめた。

「一輝、さん？」

「心配してくれてありがと。今日は結構大変だった。あれで着陸できなければダイバートする予定だった」

ラストチャンスをものにしたんだ。すごいプレッシャーだったに違いない。

「うん。お疲れさまでした」

彼が無事に戻ってきたという安堵で、どうしても涙声になってしまう。

「だけど、想定内だ。そのために厳しい訓練を受けている」

「そうですよね」

わかっているけど、不安なのだ。

一輝さんのシャツを握りしめ、落ち着くために呼吸をゆっくり繰り返した。

「お前さ……」

彼は背中に回した手にいっそう力を込める。

「わかってる？　そんな顔で煽られたら、男は我慢できないんだぞ」

「あ、煽る？」

なんのこと？

首をひねっていると、手の力を緩めた彼は、私を壁に追いつめてまっすぐ見つめてくる。その視線が熱くて、鼓動が速まっていく。

「俺のために顔を真っ青にして心配して」

「そんなの、当然じゃないですか」

反論すると、彼は首を小さく横に振りながら私の頬に優しく触れた。

「俺たちの結婚は、偽装なんだろ？」

「でも！」

そうだとしても、心配しないわけがない。

そう言いたかったが言えなかった。改めて〝偽装〟と言及された瞬間、彼との距離が遠くなってしまったように感じたのだ。

「偽の関係なのに、京子から嫌がらせをされても俺を気遣って平気な顔をしているお前が、俺も心配なんだ」

「えっ……」

「ああっ、もう」

なぜか怒ったような声を出した一輝さんは、もう一度私を腕の中に誘った。彼の心音が速いのは気のせいだろうか。

「俺はお前のところに必ず戻ってくる。だから、心配しなくていい」

「一輝さん……」

本当に？　京子さんの隣じゃなくて、私のところに戻ってきてくれる？

そんなふうに考えてしまうのは、本当の妻になれたらいいのにという願望が心の片隅にあるからだ。

私、彼のことが好き、なんだ。

「お義父さん、俺たちの結婚、喜んでくれたぞ」

「会ったんですか？」

切ない余韻に浸っていたところで衝撃のひと言。

目を丸くして離れると、彼は口を尖らせた。

「挨拶だけはしておきたいと思って、聞いていた住所のマンションで待ってたら、すぐ帰ってきた。お前、嘘ついただろ」

「はっ……」

全部バレてる！

「結婚、嫌なのか？」

「そ、そうじゃなくて」

京子さんとの一件を簡単にまとめられずあたふたしていると、彼はにやりと笑う。

「それじゃあ、俺との結婚、うれしいんだ」

揚げ足を取られただけなのに、心の中を読まれたようで動揺した。

私はあなたと一緒に生きていきたいの。

そう心の中で叫んだものの、口には出せない。

黙っていると、なぜか顎に手をかけて持ち上げられ、息が止まりそうになる。

「成海」

甘い声で私の名を口にした一輝さんは、いつになく真剣な顔をしている。緊張が高まってきてなにも言えないでいると、彼はゆっくり近づいてきて唇を重ねた。

なん、で……？　どうしてキスなんて……。

想定外の行為に頭が真っ白になり、思考が停止する。

しばらくして離れていったが、私は呆然《ぼうぜん》と立ち尽くしていた。

「生きてる？」

「えっ？」

ハッと我に返ると、クスッと笑われてしまった。

「面白いな、ほんとに。成海と一緒にいると飽きない」

飽きるとか飽きないとか、どうでもいい。今のキスはなに？

「どうしてキスなんて……」

「どうしてって、そういう流れだっただろ」

「なにが流れてるんですか！」

おかしな返しをしたからか、彼は「流れてなかったか」と笑いをかみ殺している。

雰囲気に流されてキスなんてしないでよ。私はあなたが好きなのに！　うれしかったのに！

心の中で反発したが、もちろん言えなかった。

「お義父さんと俺を会わせないようにした理由を事情聴取な。悪いけど逃がさないからよろしく」

私の肩をポンポンと叩く彼は、全部お見通しだと言いたげだ。

実際、この力のある目に見つめられると隠しごとなんてできそうにない。けれども、完全に彼に心を奪われてしまった私は、「それじゃあ別れよう」とあっさり言われるのが怖くてたまらない。

「とりあえず腹減ったな。この時間だと……」

「今日はとんこつがいい」

「またラーメン？」

京子さんと話をしてから気持ちが不安定になっている私は、のんびり食事をという気分でもなくあえて元気に提案した。すると彼は、白い歯を見せる。

「じゃあ、餃子つけよう」

「チャーハンじゃダメですか？」

本当は食欲なんてない。でも、食べないとまた心配をかけてしまうだろう。

自分の気持ちを鼓舞するためにわざとテンション高めに付け足すと、おかしそうに体を揺らしている。

「もちろんいいぞ。俺もそうしよう。行こうか」

大きな手を差し出されて、ごく自然にそれを握った。ずっとこうして手をつないで生きていければいいのに。

京子さんは、なにを仕掛けてくるつもりなのだろう。

不安が尽きることはないけれど、ギュッと握られた手を握り返し、偽の妻なりの幸せに浸った。もうすぐ、この時間は終わるかもしれないのだから。

中華料理店に寄ってから帰宅したあと、お風呂に入ってリビングに行くと、先に入浴した一輝さんは、ビールの缶を片手にソファで放心していた。

「一輝さん、どうかしました？」

「いや、なんでもない」

声をかけると、ビールを豪快にのどに送っている。

パイロットは飲酒についても厳しい制限があり、乗務前十二時間以内の飲酒は禁じられているため、翌日がお休みのときにしか彼はアルコールを口にしない。

明日は休みなのだろうけど、いつもは楽しそうにお酒を飲むくせに、今日は浮かない表情が気になった。

「成海も明日遅番だっけ。飲む？」

「いえ、私はいいです」

そんな気分でもないし、悪酔いしそうだ。

「そう」

「なにかおつまみ――」

「座って」

彼は自分の隣をトンと叩いて私を促した。

京子さんの話をしないわけにはいかない。でも、なにから、どう話したらいいのだろう。

「俺のこと、お義父さんに会わせたくなかった?」

ビールをテーブルに置いた一輝さんは、表情を変えることなく尋ねてくる。

「違います。父が余計なことを言っていないかは心配なんですけど……」

「余計なことなんてなにも。成海が大好きなのはよく伝わってきた」

「え……」

幼い頃はよく手をつないで空港に行っていたが、成長するにつれ会話も少なくなった。仲が悪いわけではないけれど、大好きと言われると戸惑う。

「B777に乗ってると話したらすごく喜んでくれて。で、エンジンの話を延々と」

「ごめんなさい。私以上にマニアで」

マニアというか、元専門職なのだけど。

「すごい人だな。俺たちはこういう熱心なエンジニアに支えられて、安心して空に飛んでいけるんだと改めて思った。次の大阪ステイのときもお邪魔する約束をしてきた」

「嘘……」

そんなに仲良くなられても困惑しかない。だって、私たちの関係は偽物なのに。

「ほんと。それで、成海を必ず幸せにすると約束してきた」

一輝さんは私の目をしっかり見つめ、そう言った。

「あっ、あのっ……」

「だから逃がさないよ。成海。お前、俺から離れようとしてるだろ」

彼がそう口にした瞬間、全身の肌が粟立《あわだ》ち始める。

「京子と会ったな。なにを言われた。嘘はつくな」

獲物を狙う鷹《たか》のような鋭い目が、私を縛りつける。

「成海」

すぐに言葉が出てこない私の名を優しく呼んだ彼は、膝の上の手を大きな手で包み込んだ。

「大丈夫だ。パイロットはあらゆる事態を想定して操縦かんを握っている。今回のことも、いろいろ想定済みだ」

そうは言っても、旅客機の操縦とはまた話が別。彼の一生にかかわるかもしれないのだし。

「うーん……」

「籠橋機長に圧力をかけてもらうって？」

ズバリ指摘され、目が真ん丸になってしまった。

「お前、隠すつもりある？　わかりやすいな。その通りか」

こんな重大なことでポーカーフェイスを貫くなんて無理に決まってるでしょ。わかりやすかったのは認めるけれど。

「なんでわかったんですか？」

「なんでって、その可能性が一番高いだろ。そんなことより」

「わっ」

彼はいきなり私の腰を抱いて引き寄せた。

「そこはかわいく、キャッにしてくれないか」

「そんなのどうでもいいです！　は、放してください」

今日はいつも以上に距離が近くてドギマギしてしまう。大切な話をしている最中なのに、顔が赤くなっていないか心配になった。

「放したら逃げるくせに。ほかにはなにを言われた。どんな言葉で傷つけられた」

私は大丈夫だ。ただ、一輝さんの未来を潰してやると言われて衝撃を受けただけ。

いや違う。本当は、一輝さんとの別れを迫られて、目の前が真っ暗になるほどショックだった。

別れたくない。ずっと一緒にいたい。

でも、偽装結婚を受け入れた私に、そんな懇願をする資格はない。

「なにも」

「嘘はつくなと言っただろ」

険しい表情の彼は、私を叱る。しかし、その声色は優しかった。

それでも黙っていると「成海」と名を呼んだ彼は、私の肩に手を置き、真剣な眼差しを向けてくる。

「ひとりで抱えないでくれ。言ってごらん」

「……考え直せって。このまま結婚するなら、徹底的に潰すって」

告白するのをためらったけれど、どうしても追求から逃れられなかった。

あぁ、これで私たちの関係は終わりを迎えるんだ。さっきのキスは、私たちの最初で最後のキスだったんだ。

そんな絶望で泣きそうになったものの、なんとかこらえた。

「そっか」

声のトーンを落とした一輝さんだったが、特に驚いている様子はない。

「それで、成海は別れたいんだ」

「そんなわけないじゃないですか。……あっ」

思わず本音をこぼしてしまい口を手で押さえると、不意に抱きしめられてひどく驚く。

「よかった」

よかったって？　まさか……彼も別れたくないと思ってる？

「お義父さんに幸せにすると約束したばかりなのに破局なんて、格好がつかないだろ」

だからか……。

一瞬期待したのに、落胆した。

どうしよう。私、一輝さんが好きでたまらないんだ。

「父のことはともかく、一輝さんは大丈夫なんでしょうか。籠橋機長は影響力のあるパイロットなんでしょう？」

腕の中で訴えると、彼は私の髪を優しく撫で始めた。

「だから、全部想定内だ。こうなることはわかっていて、籠橋家に乗り込んだんだ」

「想定内って……。一輝さん、どうなるんですか？」

京子さんは『コーパイなんて父のひと声でどうにでもなるのよ。機長になれるかしら』と吐き捨てたが、具体的にどうするつもりなのか私にはさっぱりわからないのだ。

さすがに操縦を邪魔するわけではないだろうし。

「どうもならないさ。成海はそんなこと気にしなくていい。お前はこうして俺の隣にいればいい」

彼は私をいっそう強く抱きしめ、耳元で言う。

まるで愛をささやかれているようで、勘違いしそうになる。

もうこれ以上距離を縮めたくない。すぐそこに迫った別れがつらくなってしまうから。

「怖いの。私のせいで一輝さんのパイロットとしての将来がメチャクチャになったら……」

パジャマをつかんで訴えると、体を離した彼は、私の頬を両手で包み込んで視線を合わせた。

「俺が結婚しようと言ったんだぞ。成海にはなんの罪もない」

「でも……」

「俺を見くびるな。そんなにやわじゃない」

そう口にする彼の目には力がある。

「自分の人生は自分で切り開くし、成海を妻にするからには全力で守る。そうでなければ、成海を大切に育ててきたお義父さんに顔向けできないからな」

父への気遣いはうれしいけれど、それより一輝さんだ。

「父のことはいいんです。私がなんとかします。やっぱり私たち、もうこれで……」

『終わりにしましょう』という言葉がどうしても出てこない。いや、口にしたくない。

心が嫌だと叫んでいる。

「成海。ほかのことはなにも考えないで。俺と別れたいか別れたくないか、ただそれだけ考えて」

一輝さんは私の手を握り、真剣に訴えてくる。

答えは決まっている。一輝さんの隣がこんなに心地いいのに……こんなに好きなのに、別れなんて考えたくない。

「俺は嫌だ」

きっぱり言う彼に熱を孕んだ視線を向けられ、息が苦しいほど鼓動が速まっていく。

それって……。

「お前と離れるなんて、絶対に。成海、必ず幸せにする。俺を信じてついてきてほしい。結婚しよう」

本気のプロポーズだと勘違いしそうなくらい真摯な彼の言葉が信じられなくて、ただ瞬きを繰り返す。

「でも、一輝さんの将来が――」

「もう黙って」

彼は私の唇を指で押さえて眉をひそめる。

「俺が聞きたいのはひとつだけ。成海は俺と別れたい?」

「……嫌。別れたくない」

一輝さんの未来を奪う選択かもしれないという不安はあっても、とめどなくあふれてくる気持ちを抑えることはできず、正直な想いが口から漏れた。

「それなら俺のそばにいて。どっちにしても、離すつもりはないけどな」

心なしかうれしそうに目を細める彼にそう言われて、張り詰めていた気持ちがようやく緩んでいく。

「成海、もう一度言う。結婚しよう」

「……はい」

意のままに承諾の返事をすると、彼は顔をほころばせた。

そして「待ってて」と一旦リビングを出ていった彼が、すでに記名済みの婚姻届を持って戻ってくるので我が目を疑う。しかも、証人の欄に父の名前が記入してあり、彼はこのサインをもらうためにも会いに行ったのだとようやく気づいた。

父に別れが予定された結婚だと話していないのには罪悪感が残るが、夫婦でいる間は、彼を支えられる妻でありたい。

「この、津田《つだ》さんというのは……」

もうひとりの証人欄に、知らない名前がある。

「俺の両親、アメリカにいるんだ。電話で結婚は報告しておいたんだけど署名できないから、姉貴の旦那に頼んだ。一応、大きな会社の跡取りだし」

いろいろ驚くことばかりで、ひたすら瞬きを繰り返す。

本当に入籍するのなら、一輝さんの両親にも挨拶をしなければと思っていたところだったのに、アメリカだなんて。しかも、お姉さんの旦那さまもそんなすごい人だとは。

「ご両親は結婚を承諾してくださると？」

「もちろん。ずっと自分の人生には自分で責任を持てというのが親父の口癖で、だから自由に好きな道を選択させてもらってきた。今回の結婚も、『お前が選んだ人なら大丈夫だな』と言ってもらえた」

でもこれは、縁談から逃れるためのかりそめの結婚なのに。

チクチクと罪の意識が胸を突き刺してくる。

「プレッシャーです、私」

「お前は俺が選んだ女だ。自信を持て」

笑顔の一輝さんにそう言われると、うぬぼれてしまいそうになる。といっても、彼が選んだのは意にそぐわない縁談から逃れるための、偽の妻、なのだけど。

万年筆を差し出されて緊張が走ったものの、一輝さんに心奪われている私としては、妻の欄に記名できるのが純粋にうれしい。ゆっくり丁寧に署名し終えた。

「これを提出したら、俺たちは正式な夫婦だ。よろしくな、成海」

「はい」

少しでも長く彼との幸せな時間が続きますようにと願う一方で、やはりパイロットとしての将来は気になる。それでも、彼を信じてついていくしかない。

京子さんに会ったあと、ストレスから一時的に体調が悪くなったが、一輝さんが隣にいるだけで心が落ち着く。そのおかげか、めまいの前兆もまったくなくなった。

私が倒れたとき、『ひとりで悶々と考えるより、こうしてふたりで話していたほうが楽になれる』と彼は私を同居に誘ったけれど、その通りだと実感した。

日曜はふたりとも仕事が休みだったので、昼近くまで眠ってしまった。

カーテンの隙間から差し込む太陽の光に誘われて目を開くと、一輝さんがじっと私を見ていたので驚く。

「おはよ」

「お、おはようございます。ちょっ、なに見てるんですか?」

無防備な顔を観察しないでほしい。

慌てて顔を手で覆うと、いきなり抱き寄せられて目が点になった。

「なにって、妻の寝顔だろ。幸せだなと思って」

そういうことは言わないで。あなたへの気持ちがあふれそうになる。

「今日は婚姻届を出しに行って、デートしよう」

「ほんとに?」

うれしすぎてはしゃぐと、腕の力を緩めた彼は、「ほんと」と笑った。

こんな調子では彼を好きになってしまったことがバレてしまう。気をつけなければ。

「一輝さん、次の勤務はいつですか?」

「んー、次は明後日の自宅スタンバイ」

彼のスケジュールに合わせて行動しなければと思い尋ねたが、表情が曇ったような気のせいだろうか。

「わかりました」

「うん。でももうちょっと」

彼が再び抱きしめてくるので、恥ずかしくて耳が熱い。でも、たまらなく心地いい時間だった。

婚姻届を無事に提出して晴れて夫婦となった私たち。とはいえ、すでに同居していたのだからさほどなにかが変わったわけでもない。

一輝さんが自宅スタンバイのその日、私は早番で、まだ暗いうちにこっそり家を出て勤務についた。

いくつかの仕事をこなしたあと、次の担当となったチェックインカウンターに向かう途中で、安藤さんに出会ってしまった。軽く会釈してすれ違おうとしたが「呑気《のんき》なものね」とつぶやかれて足が止まる。

「なにがでしょう」

「月島さん、飛べなくなったらしいじゃない。明日のヒースロー便、キャンセルでしょ?」

「キャンセル?」

そんな話は聞いていない。

「あら、知らないの? 京子さんを怒らせたあなたの責任よ。飛べないパイロットって滑稽ね」

彼女は鼻で笑っている。

飛べない? これが京子さんの報復なの?

パイロットは不足していると聞いていたので、まさかフライトを取り上げられるとは思いもよらなかった。

「そんなのひどい」

だって京子さんは、一輝さんを愛しているわけじゃないんでしょう? 優秀なパイロットの妻になりたかっただけなんでしょう?

「ひどいのはあなたよ。あなたが京子さんから月島さんを略奪したの。全部あなたのせい」

「私は略奪なんて……」

京子さんの本心に気づいているだろう一輝さんが、彼女との縁談を断りたいという気持ちはよくわかる。私だって、純粋な愛ではなく、家柄だとか職業で結婚を求められるなんて絶対に嫌だからだ。

「まあ、いいわ。京子さんを怒らせた罰ね。あなたも月島さんも、もうここにはいられなくなるかも」

彼女はかすかに口角を上げてから去っていく。

ここにいられなくなる？　私はともかく、一輝さんから飛行機を奪わないで！

心の中で叫んでも、もちろん誰にも届かない。

「どうしよう……」

もしかしたら、一輝さんが先日遅くまで内勤していたのは、この件でもめていたから？

少し様子がおかしかったのも、そのせいかもしれない。

私はどうしたらのいいの？

「逢坂さん、どうした？　行くよ」

「はい」

あとからやってきた先輩に声をかけられた私は、頭が真っ白なままチェックインカウンターに向かった。

仕事はおろそかにできないと必死に乗客を笑顔で送り出し、カウンター業務を終えた。そして、次の仕事までのわずかな休憩時間に、オフィスまで走る。

パイロットのスケジュールは、フライトオペレーションセンターのスケジューラーが作っているはずだ。

ＦＪＡ航空は世界で一日に千便近く運航しているため、パイロットやキャビンアテンダントのスケジュール調整は大変だと聞いた覚えがある。

そこに行けば、きっと一輝さんの今後のスケジュールを教えてもらえるはずだ。

緊張しながらフライトオペレーションセンターの前まで行くと、中から数人のパイロットが出てきた。

「あれ、どうした？」

そのうちのひとりが岸本さんだったので、すがるような目で見つめてしまう。

「一輝さんのフライトスケジュールが知りたいんですけど……」

「そんなの本人に聞けばいいのに。あっ、なんかサプライズでも考えてる？　ちょっと待ってて」

勘違いした彼は、私を廊下に置いたまま再び中に入っていき、しばらくして一枚の用紙を持って出てきた。

「あのさ……」

さっきまで笑顔だった彼の表情が一転、曇っている。眉をひそめて言葉を濁す姿を見て、鼓動がすさまじい勢いで速まっていく。

「フライト、入ってないんですか？」

「……知ってたんだ」

その返事に動揺して声も出せない。

ここに来るまでは安藤さんのけん制であってほしいと願っていたのに、一輝さんが仕事から外されるのは紛れもない事実だったのだ。

「籠橋機長の指示だそうだ」

どうして？　一輝さんをかわいがっていたんじゃないの？　娘との縁談がうまくいかなかったからといって、優秀なパイロットの未来を潰すなんてあんまりだ。

「ちょっとおいで」

岸本さんは呆然と立ち尽くす私を促して、誰もいない資料室に入った。

「アイツ、今日は家？」

「はい。自宅スタンバイだと。でも次のフライトがキャンセルになったと安藤さんに聞いて……」

「そう」

彼は腕を組み、唇を噛みしめる。

「逢坂さんが気にすることではないよ」

「そんな。全部私のせいです」

私が偽装結婚なんて引き受けたからだ。

一輝さんが飛べないのが衝撃すぎて、そうとしか考えられなくなった。

「いや、月島が望んだ結果のはずだ」

「望んだ？　飛べないのに？」

そんなわけがない。

「月島は、逢坂さんが欲しかったんだよ。逢坂さんと結婚したくて籠橋機長に逆らったんだ」

「えっ？」

「パイロット生命をかけてもいいと思えるほどの人に出会ったんだよ」

なに言ってるの？

「違います。私たちは偽――」

偽装結婚だと漏らしそうになり口をつぐんだ。すべてを明かして京子さんの怒りを鎮めるべきだとも思ったけれど、そうすると一輝さんは彼女との結婚を選ばなくてはならなくなるかもしれない。

「アイツも無茶するな。だけど、後悔はしてないはず。FJAでなくたって空は飛べる。でも、逢坂さんはこの世にひとりしかいないんだよ」

違う。私たちは利害が一致しただけの関係だ。

「ただ、B777は難しいかもしれない。LCCはそんな大型機を持っていないし、外資は小型機の操縦から始めるのが普通だ。いつかはたどり着くかもしれな――」

「嫌です」

あんなに楽しそうにB777の魅力について語っていた一輝さんがB777に乗れなくなるなんて、考えたくない。

「そんなの、嫌」

思いの丈を絞り出すと、彼は苦々しい顔で小さくうなずいた。

「逢坂さんの気持ちはよくわかるよ。月島は、このままいけばうちの社を代表するようなパイロットになると絶賛されていたからね。でも、アイツにだって信念はある。なにが一番大切なのか考えに考えて選んだ結果なんだよ、これは」

私は無意識に首を横に振っていた。

一輝さんも想定内とは話していたが、どう考えても一番大切なのは一輝さんのパイロットとしての未来だ。私との偽装結婚なんて嘘をつかず、何度も京子さんとの縁談をお断りするという方法を取っていれば未来は違ったかもしれない。

いや、それが無理だったから偽装結婚したの？

もうなにを考えたらいいのかわからないほど混乱していた。

「逢坂さん、まだ仕事あるんじゃない？」

「はい」

「俺、スタンバイなんだ。月島に電話しておくから、仕事に戻りな」

うなずいたものの足が動かない。仕事をしている場合なのだろうか。

「月島は逢坂さんの仕事ぶりをいつも褒めてたよ」

「褒めてた？」

「そう。どんなときも全力のグランドスタッフがいるって。俺も負けられないって。フライトに行く前にカウンターで逢坂さんの姿を見られたら、一日ラッキーな気持ちで過ごせるとも言ってたな」

まさか。それじゃあ、あのパンプス事件よりも前から一輝さんは私を気にかけていたということ？

ほかにも恥ずかしい場面を目撃されていたとは聞いたけど、それも偶然だと思っていたのに。

けれどもそういえば、倒れて気弱になっていたとき『逢坂みたいなグランドスタッフを、会社が簡単に手放したりしない』と言っていた。あれは、私を認めてくれていたから出た言葉だったの？

「ずっと告げればいいだろとけしかけてたんだけど、籠橋のことがあったからできなかったんだよ。突然『俺、決めたから』とか意味深なこと言ってたけど、多分、逢坂さんとの未来を取ると決めたってことだったんだろうな」

「えっ……？」

だってこれは偽装結婚でしょう？

「ほら、時間まずくない？」

「あっ……」

あと数分しかない。

「笑顔で接客している逢坂さんを月島は好きになったんだよ。気になるだろうけど、俺が話をしておくから」

好きって……まさか。

もっとくわしく聞きたいところだけれど、今は時間がない。

「……はい。あのっ、籠橋機長のスケジュールはわからないでしょうか？」

一輝さんから空を、そしてB777を奪いたくない。それなら籠橋機長に処分撤回を直談判するしかない。

そう考えて尋ねると、彼は眉をひそめて小さなため息をつく。私がなにをするつもりなのか気づいたのだろう。

「うーん。月島に叱られそうだけど、逢坂さんに後悔が残るのもよくない。手に入れておくから、次の休憩時間にそこの自習室に取りにおいで」

「ありがとうございます。行ってきます」

「うん。行ってらっしゃい」

私は頭を下げて、カウンターへと走った。

次の休憩時間に自習室に走ると、岸本さんが籠橋機長のスケジュールを渡してくれた。

「こんなことをしたら月島に殺されそうだ」

「いろいろすみません」

「うん。ついさっき電話したけど元気そうだったよ。やっぱり、自分の決断は間違いじゃないと思ってるはずだ。ただ、逢坂さんと話したのがバレて、俺のいないところで接触するなと嫉妬されたけど」

嫉妬？

岸本さんは一輝さんが私を好きだと勘違いしているからそう感じるだけだ、きっと。

「そんなことはないと思います」

彼と会話を交わしながら籠橋機長のスケジュールに目を落とすと、今日は社内研修の講師をしているらしい。十五時終了なら、仕事が終わってから駆けつけても間に合いそうだ。

「逢坂さん、あんまり無茶したらダメだぞ」

「はい。ありがとうございます。仕事してきます」

私はお礼を言ってから次の担当の到着ゲートに向かった。

その便ではロストバゲージがふたつ発生して、仕事が終わるのが少し遅くなってしまった。焦りに焦って研修が行われているスタッフルームへと走ると、籠橋機長がこちらに歩いてくるのが見える。

間に合った……。

「籠橋機長！」

駆け寄っていくと、機長は目を丸くしている。

「君は月島の……。なんだね」

「月島さんを外さないでください。お願いします」

そう言って深々と頭を下げたけれど、なんの反応もない。

そのまま頭を下げ続けていると、機長が歩き始めたので慌てて回り込んで止めた。

「待ってください。月島さんは機長の下で学べることをとても喜んでいました。籠橋機長のようなパイロットになるんだと必死に勉強も積んできたはずです」

「そんなことはわかっている。私だって残念に思っているんだからね。全部君のせいだ。京子は月島にひどい捨てられ方をして、泣いているんだ。黙っていられるわけがない」

捨てられた？　それは違う。

「月島さんは、京子さんとはお付き合いをしていなかったはずです」

「そんなわけがないだろう。海外のフライトが一緒になったとき、京子を呼んで同じ部屋に宿泊していたらしいじゃないか。私の信頼を裏切りおって。言い訳など聞きたくない！」

同じ部屋に宿泊？

一瞬頭が真っ白になったが、一輝さんはそんな人じゃない。

籠橋機長を誰よりも尊敬し、ずっとついていきたいと思っていた彼が、その娘をもてあそんで捨てるような失礼なことができるだろうか。

「絶対に誤解です」

「月島の本性はよくわかった。私の目が節穴だったんだ。結婚でもなんでも勝手にしたまえ。ただ、二度と私の前に顔を見せるな！」

「待ってください」

再び歩き始めた機長の前に回り、今度はその場で正座をする。私にはこれくらいしかできない。

「月島さんは、そんなことができる人ではありません。お願いです。月島さんから空を奪わないでください」

床にこすりつけるように頭を下げると、誰かの足音が近づいてくるのがわかった。

その音は次第に速くなり、私の横でピタッと止まる。

顔をゆがめる一輝さんは私を立たせたあと、眉がつり上がっている機長の顔をしっかりと見つめる。

「機長のお怒りは甘んじて受けるつもりです。ただひとつだけ言わせてください。私は京子さんとお付き合いはしておりません。せがまれて、何度か一緒に出かけましたが、手をつないだこともありません」

「嘘をつけ！　私には結婚できないと言っておきながら、京子には結婚をほのめかしていたそうじゃないか。挙げ句、私の目を盗んで海外で逢瀬を重ねていたとは。京子を傷物にしておいて今さらだ！」

機長は息巻くが、一輝さんは落ち着いている。

「同じ便に搭乗して海外ステイになったときに、我々パイロットが宿泊するホテルに京子さんが訪ねてきたことはありました。ですからいろいろ噂は飛んでいますが、一緒に食事をした程度です。もちろん、部屋でふたりきりにはなっておりません」

機長から少しも視線をそらさない一輝さんを見て、絶対に嘘をついていないと確信した。

「一輝さん……」

「成海」

「もし、京子さんとそういう関係になりたいのであれば、機長に交際の許可をいただいてからするでしょう。機長の大切な娘さんだとわかっているのに、曖昧な気持ちで手を出したりするわけがありません」

一輝さんがきっぱり言うと、機長はハッとした顔をする。

「京子が嘘をついていると？」

「それは私にはわかりません。ですが、私は一貫して京子さんとは結婚できませんとお話ししてきたはずです。それは京子さんに対しても同じ」

一輝さんは強く訴える。黙り込んだ機長は複雑な表情をしていて、なにを考えているのかまるでわからなかった。

「機長。私は機長を今でももちろん尊敬しています。機長の下でもっと訓練を積みたかった。ですが、京子さんとの縁談をお断りしてしまった私へのお怒りが大きいということであれば、残念ですがあきらめざるを得ません」

そんなのおかしい。彼は誠実に京子さんに向き合ってきただけだ。ふたりが恋に落ちて結婚となれば最高だったのかもしれないけれど、京子さんは一輝さんのパイロットという肩書だけを望み、一輝さんはそんな京子さんを受け入れられなかっただけ。

私はもう一度口を開いた。

「お願いです。処分を撤回してください」

「成海。いいんだよ」

どうしてそんなに冷静でいられるの？

「よくない。だって全部誤解だもの」

京子さんの本音を知っているだろうに機長に明かさないのは、きっと一輝さんの優しさだ。機長がそれを聞いたらショックに違いない。

だからといって、一輝さんが犠牲になっていいわけがない。

「お疲れのところ、申し訳ありませんでした。成海、帰ろう」

「嫌です。帰りません」

ずっと我慢していた涙が頬を伝う。すると一輝さんは苦しげな顔を見せた。

「成海。帰ろう」

一輝さんは優しい声で繰り返し、なかば無理やり私の腕を引いて籠橋機長の前から離れた。

あぁ、ダメだ。視界が揺れ始めた。

「一輝、さん……」

「どうした？」

廊下を曲がったところで歩みを止めると、一輝さんは私の顔を覗き込んでくる。

「めまいが起きそうで」

「少し我慢できるか？」

彼はそう言うと私を軽々と抱き上げて歩きだすが、症状はギリギリのところで踏みとどまっている。

「そんなにひどくないから、ゆっくりなら歩けます」

「って言ったら歩かせると思った？　残念だけど、妻を甘やかすのが趣味なんだ、俺」

妻を甘やかすって……。

彼が口角を上げるので、高ぶっていた気持ちが落ち着いてくる。

「なあ、成海。俺と結婚したの、後悔してる？」

そう問われてすぐさま首を横に振ったが、それがよくなかったらしく、ふわっとして目を閉じる。

「ごめん。……ひどいな、俺。成海が苦しそうなのに、お前の答えがうれしいよ。車で来てるから、すぐに病院に行こう」

うれしいの？　京子さんとの縁談がなくなった今、迷惑じゃないの？

「ううん。薬は飲んでるから大丈夫。一緒にいてください」

そう訴えると、彼の腕に力がこもる。

「わかった。ずっとそばにいるから」

彼の力強い言葉に安心して、ギュッとしがみついた。

家に帰るとすぐにベッドに寝かせてくれた。しかし気持ちが落ち着いてきたからか、めまいの症状も消えている。

「本当に大丈夫か？」

一輝さんはベッドに腰かけ、心配そうに眉をひそめる。

「はい。もう揺れなくなりました」

「よかった……。またストレスかけたな。ごめん」

彼が謝ることなんてひとつもない。

「どうして来てくれたんですか？」

「岸本から電話が入って、暇なら来週のフライト代われって言うから、お前はB787なんだからB777のライセンスでは乗れないだろってつっこんだんだ。そうしたら、LCCにはB787もないかと意味深なことを言うから、全部知ってるんだなとわかった」

岸本さん、わざとそう話したんだろうな。

「ということは、成海が接触したってことだ。で、籠橋機長の研修が三時に終わるって脈絡もなく言い出すし。アイツがそんなことをわざわざ調べるわけがない。これまた成海だなとピンときた」

完璧な推理に白旗を上げるしかない。

「……勝手なことしてごめんなさい」

「まったく」

盛大なため息をついた一輝さんは、私の顔をじっと見つめてくる。その視線が熱くて、心臓がバクバクと大きな音を立て始めた。

「お前は無茶しすぎだ。心配させるな」

「ごめんなさい」

「けど、ありがと。成海に振り回されてばかりだよ、俺は」

彼は険しい表情から一転、口元を緩めて私の頬に優しく触れる。

「ごめんなさ――」

「好きだ」

もう一度謝罪しようとすると、予想外の言葉が彼の口から飛び出して、目を瞠る。

「えっ……」

「いい加減気づけよ。岸本にバレるくらいあからさまだったと思うけどな、俺」

たしかに岸本さんは『笑顔で接客している逢坂さんを月島は好きになったんだよ』と話していたけれど、ただの勘違いだと思っていた。

でもこの結婚は、京子さんとの縁談を断るための偽りなんでしょう？

「偽装結婚ですよね、私たち」

私の言葉を聞いた一輝さんはあきれ顔で、「どこまで真面目なんだよ」とつぶやいている。

「だって……」

「そうとでも言わなければ、あのとき同居を受け入れなかっただろ？　目の届くところに置いておかないと心配なんだよ。俺がこんなにマメに電話やメッセージを入れるの、成海が初めてだからな。岸本のメッセージなんて五日は熟成させる」

「熟成って」

その言い方がおかしくて、噴き出してしまった。

「それに、京子との問題を抱える俺と、結婚なんて考えないだろ？　どうしても逃がしたくなかったんだよ、お前を」

キョロッと視線を外した彼の耳が心なしか赤く染まっているのが新鮮で、少し驚いた。

でも、一輝さんの本心に触れられて、泣きそうなくらいうれしい。

「なんで目が潤んでるんだよ。つらいのか？　それとも嫌だとか……？」

思いきり顔をしかめる彼に、私も気持ちを伝えたい。

「これはうれし涙です」

「それって……」

照れくさいんだから、まじまじ見るのはよしてほしい。けれども、彼だって気持ちを打ち明けてくれたのだから、私も。

「こんな飛行機マニアを受け入れてくれる人なんて、そうそういないんです。それに、一輝さんと一緒にいるとすごく安心するというか……」

「じれったいな。要約しろ」

要約って！

勇気を出して気持ちを話し始めたものの、どうしても恥ずかしさが拭えず、いろいろとオブラートに包んでいるのを見抜かれているようだ。

「つまり……好きってことです！　……んっ」

勢いに任せて告白すると、すぐに唇が重なった。

目をぱちくりしている間に離れていった彼は、いつになく真剣な表情で私を見つめる。

「好きだ」

「一輝さん……」

「一生、お前だけでいい」

「はい」

こんな感動的な告白をされたら、泣くのをこらえきれない。

目尻から涙をあふれさせると、彼はそっと手で拭い、もう一度熱いキスを落とした。

「もうめまいは平気？」

「はい。そんなにひどくないって言いましたよ、私」

いわゆる前兆というものがあっただけでなんとか踏みとどまった。それも、一輝さんがそばにいてくれたからのような気がしている。

「それじゃあできるな」

「夕飯の支度？」

含みを残す発言に首を傾げると、「お前って、天然だよな」と少々不機嫌な答えが返ってきた。

「違いますよ。飛行機オタクです」

「それは知ってる」

クスッと笑う彼は、私の顔の横に両手をついて見下ろしてくる。

「この流れでできるって、アレしかないだろ」

唇をそっと指で撫でられ、鼓動が勢いを増していく。こんなにいい男にじっと見つめられたらそれだけで卒倒しそうなのに、アレって……。アレよね……。

「あのっ」

「愛しても、いい？」

耳元で艶っぽくささやかれて、息が止まる。

「返事は⁉」

「は、はいっ」

少し怒ったような言い方をされて威勢よく答えると、彼はおかしそうに肩を震わせて笑っている。

「雰囲気もへったくれもないな」

「ごめんなさい」

「けど、しつけ甲斐《がい》がある。俺がお前をエロい女に変えてやる」

エロい女？　そんなの結構です！と言いたかったが、すぐに唇が重なり私の反論は彼に吸い取られてしまった。

「あっ……」

激しいキスのあと、尖らせた舌で首筋をツーッと舐め上げられて声が漏れる。たちまち暴れだした心臓が、口から出てきてしまいそうだ。

焦るように私のシャツのボタンを外した彼は、いきなりブラをずらして胸の先端を口に含んだ。

「……っ。……はぁっ」

無骨な男の手で乳房を揉《も》みしだかれて恥ずかしくてたまらないのに、荒々しい愛撫《あいぶ》のせいで体が火照りだす。

スカートをまくり上げてショーツの中に手を入れてきた彼は、いとも簡単に私の感じる場所を見つけ、優しく撫で始めた。

「イヤッ……」

ふかふかの枕に顔をうずめて強い快感に抗おうとしてもまったく無駄だった。さらに強い甘美を与えられ、シーツを強く握りしめる。

「あぁぁ……あんっ！」

快楽の大きな渦に呑み込まれた瞬間、体がビクンと跳ね、全身に微弱な電流が駆け抜けた。

一輝さんは、息を荒らげ放心している私の顔を覗き込んでくる。

「かわいいな、お前」

「み、見ないで」

達してしまったのが恥ずかしすぎて両手で顔を覆うと、彼はそれを払いのけ、私の手に指を絡めた。

「ここから先は止めてやれないけど、本当に大丈夫か？」

あなたが欲しいと体が叫んでいるのに、こんなところで終わられては困る。

「大丈夫。だから……」

「おねだり、うまいじゃないか」

ふっと笑った彼は、私の額にキスを落としたあと、真顔になった。

「成海。俺から離れるな」

真剣な告白に、なぜだか視界がにじんでくる。

「……はい。離れません」

もう離れられない。あなたの愛に落ちてしまったから。

「まあ、俺が離さないけどな。愛してる」

「あぁ……っ」

甘い愛のささやきとともに、彼は私の中に入ってきた。

「はぁ。ダメだ。気持ちよすぎて優しくできない」

激しく腰を打ちつけてくる彼は、苦しげな顔をしてそう漏らす。

「一輝、さん。キス……」

たまらなくキスが欲しくなり懇願すると、すぐさま唇が重なった。

髪を振り乱しみっともなく悶《もだ》えても、彼は「好きだ」と何度も繰り返してくれる。

必死にしがみついていると、「成海」と私の名を呼んだ彼は低いうめきとともに欲を放った。

私を抱き寄せる彼の体が汗ばんでいて、激しい行為を物語っている。それが恥ずかしくてたまらないものの、とても幸せなひとときだった。

「一輝さん」

「ん？」

「これから、どうするんですか？」

なにがあっても彼についていく覚悟はある。ただ、彼の未来が誤解で閉ざされるのはやっぱり悔しい。

「そうだな。いくつかスタンバイは入ってるからそれをこなしつつ、就活かなぁ」

「でも」

「安心しろ。俺、そこそこ優秀なんだ。引く手あまたってやつ？」

彼は私の肩を引き寄せておどけた調子で話す。引く手あまたというのは本当かもしれないけれど、Ｂ７７７は？

「ＬＣＣや外資ではＢ７７７を操縦できないんじゃないですか？」

問うと彼は黙り込んでしまった。私は彼から離れて顔を見つめる。

「ほかの旅客機がダメだというわけじゃないんです。でも、一輝さんはＢ７７７にこだわりがあったんじゃないですか？」

「……まぁ、それは」

あんなに目を輝かせてＢ７７７の話をしてくれたでしょう？　父がエンジンの話をするときと似ていた。心から好きなんだという気持ちが伝わってきたのに。

彼はきっと、尊敬する籠橋機長のいるＦＪＡ航空でＢ７７７に乗務する機長になるのが夢だったはずだ。

「そんなに簡単にあきらめないで」

「成海……」

「私、もう一度お願いに行きますから」

いや、わかってもらえるまで何度でも足を運ぶつもりだ。

一輝さんは京子さんをもてあそんだわけじゃない。最初から恩人の娘さんとして扱い、男女の仲には決してならず、きちんと線を引いていたのだから落ち度などないはずだ。

「……そうだな。あきらめるのはまだ早いな」

「はい」

彼に笑顔が戻り、胸を撫で下ろした。

「B77のオタク話、成海ともっとしないと」

「もったいぶらないで教えてください！」

思いきり食いつくと苦笑している。

「その前に、俺にもっと夢中になれよ」

そうささやいた彼は、私の顎を持ち上げて深いキスを落とした。

翌朝、出社のために早起きをして顔を洗っていると、一輝さんも起きてきた。

「ごめんなさい。起こしましたか？」

「いや、平気」

いきなりうしろから抱きしめられたせいで、ドクンと心臓が跳ねる。まだ甘い雰囲気に慣れないのだ。

「体、つらくないか？」

「はい。めまいはありません」

「うん。そっちもだけど、激しすぎたから」

耳朶を甘噛みされて、昨日の情熱的なセックスを思い出してしまった。実はあのあと、もう一度抱かれたのだ。

「だ、大丈夫です」

「そう。それじゃあ今晩は三回にチャレンジ」

「え！」

そういう意味で聞いたの？

「化粧してこい。トーストでいい？」

「もちろん」

作ってもらえるなんて最高だ。

グランドスタッフは、アイラインやチークのつけ方の指導もされる。あまり派手な色は禁じられているものの、〝清楚《せいそ》かつ華やか〟なメイクを求められるのだ。

最初の頃は苦労したのだが、最近はもう慣れた。メイクを済ませて髪を夜会巻きに整えてからキッチンに向かった。

「お、空港の成海だ」

「すっぴんがひどいって言ってます?」

一輝さんはすっぴんの私を知っているから笑っているのだろう。

「まさか。俺はどっちの成海も好きだけど?」

そういうことをサラッと言わないでほしい。照れくさくて視線が不自然に泳いでしまう。

「ほら、食うぞ」

「おいしそう。いただきます」

トーストにベーコンエッグ、そして温野菜。栄養補助食品で済ませていたのが嘘みたいだ。

早速口に運び始めたものの、一輝さんの視線を感じる。

「どうしたんですか？」

「いい女だなと思って」

一輝さんってこんなに甘い人だったの？

照れくささに耐えかねて顔をそむけると、クスクス笑われてしまった。

「お前、褒められるの苦手？　ああ、Mか？」

「違いますよ。Sでもないですけど」

彼は間違いなくサディストだ。

「ドMちゃんさ、叱られ慣れるのはよくないぞ。だから、ひとりで絶対に突っ走るな」

その〝ドMちゃん〟というのは聞き捨てならないが、勝手に籠橋機長に交渉に行ったことを指しているのだろう。

「わかりました。それじゃあふたりで突っ走りましょうね」

そう返すと、彼はコーヒーを噴き出しそうになっている。

「もう最高。俺、今日は社内スタンバイだからあとで空港行く。仕事終わったら連絡しろ」

「わかりました」

一輝さんはきっと、なにか手を考えているはずだ。私よりずっと賢い彼に任せて、私は今日の仕事を完璧にこなそうと気合を入れた。

その日は日本語も英語も通じない乗客に四苦八苦し、大げさなジェスチャーで意思の疎通を図っていたら先輩たちに思いきり笑われた。でも、搭乗時刻に間に合ったので、私としては満足だ。

上品さという部分では少し足りていない気もするけれど、旅客機を定刻通りに飛ばすという一番重要な役割を果たすのがまず大切だと思っている。

無事に業務が終了したあとは更衣室に一直線。着替えて飛び出し、一輝さんにメッセージを送った。するとすぐに返事があり、空港内のとある場所に来るよう命じられた。

そそくさと足を進めると、一輝さんが大きな窓から今まさに飛び立つ旅客機を見ている。本当なら飛ぶ側の人間なのに、なんだか切ない。

「一輝さん」

「お疲れ」

「お疲れさまです。まだスタンバイ中ですか？」

社内スタンバイの間は、空港内で連絡が取れるようにしておけば自由に過ごせるらしい。

「うん。でも、今日はフライトなさそうだな」

スタンバイから突然海外に飛ぶのは大変そうだけど、操縦かんを取り上げられてしまった彼にしてみれば、誰かの代わりにでも乗りたかったのかもしれない。

「あのＢ７８７」

「はい。それがどうかしました？」

着陸したばかりの航空機を指さす彼は、「あれに京子が乗ってるはずだ」と漏らす。

「京子さんが？」

「そう。話をしようと思って。成海も一緒にどう？」

そのデートに誘うような言い方には笑ったが、もちろんうなずいた。彼女には会いたくもないけれど、夫婦なのだからふたりで乗り越えたい。きっと彼もそのつもりなんだと思う。

「もちろん、お付き合いします」

「京子はデブリがあるから、少し時間がかかる。その前に」

どうも、京子さんに会う前になにかやることがあるようだ。「行くぞ」と促された私は彼についていった。

向かった先の空港内のカフェで私たちを待っていたのは、後輩の筒井くんだ。

「月島さん、お疲れさまです」

一輝さんを見つけた彼は、ビシッと背筋を伸ばして腰を折る。

知っているの？

「お疲れ。呼び出して悪いな」

「早番でしたので大丈夫です」

私とは別のチームで働いていたらしい筒井くんは、一輝さんを前になぜか緊張した様子だ。

「妻の成海」

「逢坂さん、お疲れさまです。今日も大変そうでしたね」

「え？」

「ジェスチャー」

まさかあの場面を見ていたの？　先輩風を吹かせたかったのに、穴があったら入りたい気分だ。

「お前、またなんかやったのか？」

一輝さんはいろいろ察したらしくクスクス笑っている。

「やらかしてはいませんよ？　それより、お知り合いですか？」

「うん。筒井はパイロット訓練生なんだ」

「そうなの⁉」

大きな声が出てしまい、慌てて口を手で押さえた。

アメリカに訓練に行く前の地上勤務なのか。でも、パイロット採用なら教えておいてよ。

「パイロット訓練生だということは伏せておいたほうが身のためだぞって言っておいたんだよ。今でも十分モテてるだろ？」

なるほど。パイロットという肩書に惹かれて集まってくる女性から逃したかったのか。

「あははは。実は彼女ができました」

「よかったな。でも、訓練期間中に捨てられないように気をつけろ。今日は頼むな」

一輝さんは爆弾を落としたあと、意味ありげな言葉を口にする。

「わかってます。逢坂さん。仕事中なにかあったら俺を呼んでください。月島さんの大切な人ですから、しっかり守ります」

「ありがとう」

きっと一輝さんが頼んでくれたのだろう。そういえば、安藤さんにスカーフを破られたときも率先して交換しに行ってくれた。

「それで、どうして筒井くん？」

「そのうちわかる。そろそろ行くぞ」

なぜ筒井くんと合流したのか説明がないまま、私は一輝さんについてオフィスに向かった。

京子さんが乗務していた便のデブリはすぐに終わったようで、クルーたちが一斉に出てくる。

廊下に顔を出した京子さんは、一輝さんと私に気づいてあからさまに顔をしかめた。

「籠橋。ちょっといい？」

一輝さんは京子さんを人気のない階段に促した。私もついていったが、筒井くんはどこに行ったのか姿が見えない。

「なに？」

なんとなく気まずそうな京子さんは、目を伏せたまま口を開いた。

「成海に手を上げたそうだな。謝ってほしい」

私のことはいいのに。

一輝さんの少しうしろに立っていた私は、彼の腕をつかんだ。けれども彼は、

「謝ってくれ」と低い声で繰り返す。

「なんで？　私と一輝くんがそういう関係だと知ってて、ちょっかい出してきたのよ？」

「どういう関係だ。お前は恩師の娘だが、それ以上でもそれ以下でもない」

きっぱり言いきった一輝さんに驚きつつも、自分の都合のいいように話を変える京子さんに怒りを感じた。

「私と縁談があったでしょ？」

「それは、京子が機長に頼んだんじゃないのか。俺を好きでもないくせに」

一輝さんは容赦なく核心に切り込んでいく。

「好き、だったわよ……」

トーンダウンした京子さんは視線を泳がせて険しい顔をしている。

「この人のせいで、たくさん恥をかいたの」

彼女は悔しそうに唇を噛みしめ、私をにらんだ。一輝さんとの縁談が噂されていたのだから、私に妻の座を奪われたと陰口を叩かれているのかもしれない。

「京子が恥をかいたのは、自業自得じゃないのか。パイロットと結婚したかっただけ

で、相手は俺じゃなくてもよかったんだよな」

「違う。私は一輝くんと！」

激しく首を横に振る京子さんはうっすら涙を浮かべるが、一輝さんは冷静だった。

「海外ステイのときに、俺の部屋に泊まったんだって？　しかも、結婚をちらつかせてたらしいな、俺」

「そ、それは……」

彼女は途端に歯切れが悪くなる。一輝さんを陥れるために機長に嘘をついたに違いない。

「俺との結婚を考えていたのに、合コンで捕まえた男とふたりきりになりたがるんだな。俺にもてあそばれたと怒ってたはずだけど、どこに行こうとしてたんだ？」

えっ……。合コンで捕まえた男性とふたりきりに？　一輝さんとの縁談を望んでおいて、自分はそんなことをしていたの？

一輝さんの言葉を聞いた京子さんは、途端に落ち着きをなくした。

「筒井」

唖然とする私をよそに、一輝さんが筒井くんを呼ぶ。すると、ひとつ上の階にいたらしい彼は階段を下りてきた。筒井くんを見た京子さんの目が、真ん丸になる。

「筒井は、インターンシップのときに顔を合わせて、大学の後輩だとわかった。それから連絡を取り合っている」

「インターンシップ？」

京子さんは筒井くんに視線を送りながら首を傾げている。

「彼は、パイロット訓練生だ。お前に合コンで、グランドスタッフなんてお断りだとこき下ろされたらしいけどな」

「あ……」

思い当たるところがあるのか、京子さんは焦りを纏った表情を浮かべて唇を噛みしめた。

「私を誰の娘だと思ってる。コーパイを連れてこいって大騒ぎしたんだって？」

「私、合コンになんて行ってない。人違い――」

「籠橋さんでしたよ。その前にもコーパイの先輩に人数合わせで連れていかれて、籠橋さんたちと合コンしたことがありますし」

まさか、そんなことがあったなんて。だから一輝さんは筒井くんを呼んだんだ。

「そのとき、ふたりで抜けようと先輩を誘ってるのを見ました。先輩が『月島さんと付き合ってるんじゃないの？』と聞いたら、『あんなのただの噂よ』と答えてましたよね。先輩は断ってましたけど」

冷たい声で筒井くんが証言すると、京子さんは「なによ。酔ってたからでしょ」と開き直っている。

「京子。酒癖が悪いんだったら外では飲むな。頼むから籠橋機長の顔に泥は塗らないでくれ」

自分から空を取り上げた籠橋機長をかばうような発言をする一輝さんに驚いたけれど、これでこそ彼なのだろう。籠橋機長への尊敬はきっといつまで経っても、なにがあっても消えるものではないのだ。

「京子！」

そのとき背後から怒声が聞こえてきて振り向くと、そこには目をつり上げた籠橋機長が立っていた。

「お前は、なんてバカなんだ。恥を知れ！」

機長は彼女につかつかと歩み寄り、迷いもせずに頬を打つ。

「ご、ごめんさない」

「謝るのは私にではない。月島と逢坂さんにだ」

籠橋機長は京子さんの隣に立ち彼女の頭を押し下げ、そしてなんと自分も深々と腰を折る。

「申し訳なかった」

「機長、頭を上げてください」

一輝さんが慌ててそう言ったものの、機長は微動だにしない。

「いや。京子を信じて月島を疑った私がバカだった。月島の真面目さは私が一番よく知っていたのに。月島が息子になってくれたらと欲が出てしまったんだ。本当に申し訳ない」

機長の悲痛な声に胸が痛む。大切な娘をもてあそばれたと思っていたのだから、親としての怒りがあったのは当然だ。

しばらくして顔を上げた機長は、すさまじい形相で京子さんをにらみつける。

「お前はもう、空を飛ぶ資格はない」

「えっ……」

「旅客機一機飛ばすのに、どれだけの人間の力が必要なのか何度も話したはずだ。かかわるすべての者の力が結集することで、ようやく安全なフライトが実現する。どの仕事にも上下などないんだ。調和を乱すような人間は、さっさと去れ」

厳しい言葉に目を見開く京子さんは、「そんな」と涙を浮かべている。

「私も責任を取って退職する」

そのあとの機長の発言に驚きすぎて息が止まる。隣の一輝さんも「えっ」と驚愕の声を漏らした。

「それはおやめください。一輝さん——月島さんは機長の背中を追い続けてきました。ずっと目標にしてきたんです。それなのに機長がいなくなったら……」

あまりにも感情が高ぶりすぎて口を挟んでしまったが後悔はない。絶対に一輝さんもそう思っているはずだから。

「逢坂の言う通りです。私は機長のようなパイロットになりたくて、厳しい訓練を乗り越えてきました。まだまだ、教えていただきたいことがたくさんあるんです。一旦はFJAを離れる覚悟もしました。ですがやはり、私の師匠は籠橋機長です。永遠に籠橋機長なんです」

一輝さんの熱い想いを改めて聞き、胸に温かいものが広がった。

彼が犯してもいない罪を着てFJA航空を離れようとしたのは、京子さんの父親である機長に恥をかかせたくなかったからだと確信した。

「だが……」

「お願いします。私のために残ってください」

一輝さんが深々と腰を折る横で私も同じようにした。

「……ありがとう。必ず月島を一流のパイロットにする。私の知識と技術のすべてをお前に伝える。本当に申し訳なかった」

機長の声が震えている。

「京子。本当に空が好きなら、しっかり反省して戻ってこい。あとは機長にお任せします」

「あぁ。今後はスケジューラーから連絡させる。私のフライトにはできるだけ月島が乗れるようにとも言っておく」

「それはうれしいです。それでは、失礼します」

一輝さんは涙を流し始めた京子さんをチラッと見てから私を促してその場を離れた。

オフィスフロアを出たところで足を止める。

「筒井、ありがとな。まさか籠橋機長がいらっしゃるとは……」

「俺が呼んで来ていただいたんです。月島さんがいなくなったら俺の目標がなくなってしまいますから」

筒井くんの言葉に目を大きく見開いた一輝さんだったが、やがて弓なりに細めた。

「それは光栄だ。アメリカ研修、もうすぐだろ？　あれはほんとに……ズタボロになるまで絞られるから頑張れよ」

「やめてください。覚悟はしてますけど、不安が募るじゃないですか！」

筒井くんが真っ青な顔をしている。アメリカの研修はとてつもなく厳しく、最悪、パイロットへの道を絶たれる可能性もあるのだ。でも、行く前に脅さなくても。

「筒井なら大丈夫だ。胸張って行ってこい。待ってるぞ」

なんというサディストなんだと思ったけれど、結局はここが言いたかったのだろう。籠橋機長が一輝さんに期待を寄せているように、一輝さんは筒井くんにそういう感情を抱いているのかもしれない。

「それでは失礼します」

筒井くんは私にも微笑みかけてから離れていった。

「それにしても、筒井くんが訓練生だとは……」

「内緒にしとけよ。でも、困ったときは顎で使っていいから。ただし必要なときだけだ。それ以外は会話も禁止」

これから仲良くさせてもらおうと思っていたのに？

「どうして？」

「お前は俺のものなんだよ。ほかの男に愛想を振りまかなくていい」

あれっ、まさか筒井くんにまで嫉妬してるの？

「ふふ」

「なんだよ」

意外と子供みたいな一面も持っているんだなと思い笑みを漏らすと、彼は顔をしかめる。

「なんでもないですよ」

「あー、そう。言わないんだな。帰ったらお仕置きだ」

「お、お仕置き？」

って、なに？

聞き返したのに、彼はにやりと笑うだけでなにも言わずに私の手を引いた。

マンションに戻って玄関に入った瞬間、いきなり抱きしめられて目をぱちくりする。

「成海のおかげだ」

「えっ？」

「お前がいなかったら、Ｂ７７７をあきらめていたかもしれない」

籠橋機長を傷つけまいと彼なりに考えた結果だったはずだ。今日、京子さんと話をしたのも、彼女の素行を機長の耳に入れるつもりなどなく、彼女から機長に誤解を解いてもらえるように話をつけようとしていたのだろう。

筒井くんの機転で結果的に機長の知るところとなってしまったが、私はこれでよかったと思う。もしあとで事実を知ったら、機長は一輝さんを排除したことを絶対に後悔するはずだから。

彼が尊敬する籠橋機長なら、きっと京子さんを正しい道に導いてくれる。

「よかった……」

胸にこみ上げてくるものがあり、声がかすれる。すると彼はいっそう強く抱きしめてくれた。

「成海。幸せにする。愛してる」

彼は愛の言葉をささやき、唇を重ねた。

唇を割って入ってきた舌が私の口内で暴れまわる。互いの熱を伝え合うような激しいキスは私の体を真っ赤に染めていく。

脚に力が入らなくなり彼の首に手を回してしがみつくと、不意に抱き上げられてベッドに運ばれてしまった。

覆いかぶさってきた彼は、私の頬にそっと触れて口を開く。

「めまいは？」

「こんなに幸せなのに、めまいなんて起こりません」

そう伝えると、一輝さんは目を見開いたあと口角を上げた。

安心させたくて放った言葉だったのに、どうやら火をつけてしまったらしく……。

「なら、思う存分お仕置きさせてもらう」

「お、お仕置き？」

「そう言っただろ？」

私をまっすぐに見つめる彼がすさまじい色香を放っていて、ゾクッとする。

お仕置きってそういう意味？

「たっぷり啼《な》け」

「あっ……んんっ」

余裕の笑みを浮かべた彼は、私の首筋に舌を這《は》わせた。


三カ月後。

私は悠々と滑走路に向かうB777のファーストクラスの窓から、景色を見ていた。

この便は、ジョン・F・ケネディ国際空港へと向かう。

操縦かんを握るのは、京子さんがしたことへのお詫びと結婚祝いだと、ファーストクラスのチケットをくれた籠橋機長。社員は安く購入できるとはいえ、ファーストクラスなんて自分では買えない値段なので、テンションが上がっている。

ちなみに京子さんはかなり厳しく叱られたようで、現在はキャビンアテンダントを外れて機内食を作る関連会社で働いている。

それを指示した機長には、旅客機を飛ばすために奮闘している人たちの苦労をもっと知ってほしいという気持ちがあったようだ。

キャビンアテンダントという華やかな仕事に携わっていた彼女が完全に裏方の業務に回されるのは意外だったが、それくらい機長の怒りが大きかったということだろう。

「今、管制塔とどんなやり取りしてるんだろ?」

「お前さぁ、ここに旦那さまがいるんだから、夢中になるなら俺にしろ!」

隣に座る一輝さんは、若干あきれている。

「ごめんな――」

「あぁっ、もう! 少しだけだぞ。――FJA120, Tokyo tower, wind 110 at 5, Cleared for take off, runway 34R. ―― Tokyo tower, FJA120, Cleared for take off, runway 34R」

「さすが発音いい！」

嫌々ながらも再現してくれる彼に、心の中で盛大な拍手を送る。

「これで満足か？」

「大満足です。でも、もっとやってくれていいですよ？」

「やるか」

彼は怒ったような言い方をするが、目は笑っている。

「俺、今日はパイロットじゃないから」

「わかってますよ、旦那さま」

操縦のプロに実演してもらえるなんて普通はないのだから、気分も上がるでしょう？

「それじゃあ、旦那さまのほうも期待に応えないと。ホテルに着いたらベッドに直行な」

にやりと笑う彼は、私の耳元で甘くささやく。

寝るという意味ではないわよね……多分。

「じ、時差ボケが……」

「大丈夫。俺、慣れてるから。それに、大阪のお義父さんが、早く孫を抱きたいって言ってたぞ」

「お父さんが？」

なんの話で意気投合しているのよ！

一輝さんは、先日の大阪ステイの際も父に会いに行ったのだ。Ｂ７７７への熱い想いが同じふたりは、すっかり仲良くなっている。

「うちの両親も、子作り旅行？だって」

実は今回は観光だけでなく、彼の両親にも挨拶をする予定だ。初めての顔合わせで緊張しているのに、そんな話になっているとは。恥ずかしいじゃない。

「ちょっとやめてください！」

「なんで？」

一輝さんが険しい表情を見せるので焦る。

「なんでって……」

「俺は欲しいけどね。成海と俺の子」

艶っぽくささやく彼が、私の手を取り甲に唇を押しつけるのでドギマギしてしまう。

「成海はいらない？」

「えっ？　……欲しい、です」

父がそうしてくれたように、子供の手を引いて三人で空港見学をするのが私のささやかな夢でもある。

「そう。それじゃあ、頑張らないと」

上機嫌になった一輝さんは、私の肩を引き寄せて唇を重ねた。

その瞬間、ふわっと大きな機体が離陸したのがわかる。すると一輝さんは笑顔で口を開いた。

「Welcome aboard FJA Airlines flight 120 to happiness」

――幸福行きFJA航空120便にようこそ。

そう。私たちはこれから幸せに向かって旅立つのだ。

大好きな、彼と一緒に。

END

あとがき

今作のヒーローは、私の作品初のパイロットでしたが、いかがでしたでしょうか？現在、B777は、エンジントラブルのため一部の機材に運航停止指示が出ています。日本では国内線に使用している機材のほとんどがこのエンジンを積んでおり、なかなかお目にかかれなくなっているかもしれません。安全が確認できて運航が再開されるといいのですが……。

この作品を書く前に調べ物をしていましたら、フライトレーダーにはまりまして、執筆に疲れると覗いていました。コロナ禍にある今は、フライト数が減っていると思うのですが、それでもレーダーでは無数の飛行機が確認できます。こんなに飛んでいるのか！と驚きましたが、日本の某大手航空会社（青いほう）は国内線だけでも一日に七百八十便ほど運航する年もあったそうですので、空の上は大渋滞なのです。

フライトレーダーを見ているとダイバートした航空機を見つけることもあり、なにが理由かはわかりませんが、勝手にドキドキしていました。また、緊張状態にある某国の上空を飛ぶ飛行機をたまたま発見し、国境を越えるまでなにも起こりませんよう

に！と手に汗握っていたことも。（無事に隣接する国の空港に着陸しました）
私はインドア人間で旅行に行きたいというような願望はあまりないのですが、これを書いているうちに飛行機に乗りたい、空港に見学に行きたいという気持ちがムクムクと湧いてきました。一輝や成海の域には達していませんが、飛行機オタクへの一歩を踏み出した気がします。いいのか悪いのか……。
作中で、旅客機一機飛ばすのに多くの人の力が必要だと書きましたが、これはどんな仕事でも同じ。表立って活躍する人もいれば、一切目立つ場所には出ず裏方として支える人もいます。どうしても華やかな職業に目が行きがちですが、見えないところで奮闘している人たちがたくさんいることは忘れてはならないと思います。いなかったらとんでもないことになるはず。互いにリスペクトしあいながら、楽しく暮らしていけるといいですね。
大変なご時世ですが、また世界中を自由に行き来できる日がやってきますように。

佐倉《さくら》伊織《いおり》

佐倉伊織先生への
ファンレターのあて先

〒104-0031
東京都中央区京橋1-3-1
八重洲口大栄ビル7F
スターツ出版株式会社　書籍編集部　気付

佐倉伊織先生

本書へのご意見をお聞かせください

お買い上げいただき、ありがとうございます。
今後の編集の参考にさせていただきますので、
アンケートにお答えいただければ幸いです。

下記URLまたはQRコードから
アンケートページへお入りください。
https://www.berrys-cafe.jp/static/etc/bb

敏腕パイロットとの偽装結婚はあきれるほど甘くて癖になる
～一生、お前を離さない～

2022年1月10日　初版第1刷発行

著　者　佐倉伊織

発行人　菊地修一
デザイン　hive & co.,ltd.
校　正　株式会社　文字工房燦光
編集協力　鈴木希
編　集　須藤典子
発行所　スターツ出版株式会社
〒104-0031
東京都中央区京橋1-3-1　八重洲口大栄ビル7F
TEL　出版マーケティンググループ　03-6202-0386
(ご注文等に関するお問い合わせ)
URL　https://starts-pub.jp/
印刷所　大日本印刷株式会社

Printed in Japan

乱丁・落丁などの不良品はお取替えいたします。
上記出版マーケティンググループまでお問い合わせください。
定価はカバーに記載されています。

ISBN 978-4-8137-1201-5　C0193

ベリーズ文庫 2022年1月発売

『ママですが、極上御曹司に娶られました』　砂川雨路《すながわあめみち》・著

秘書の千華子は次期社長の創成と一夜を共にしてしまい、やがて妊娠が発覚！　創成に惹かれつつも、千華子はある事情から突然仕事を辞め、彼の前から姿を消す。しかし5年後、偶然にも彼に再会して…!?　変わらずまっすぐな愛を伝える創成に、千華子は激しく心を揺さぶられ…。特別書き下ろし番外編付き！

ISBN 978-4-8137-1199-5／定価715円（本体650円＋税10%）

『外交官と仮面夫婦を営みます～赤ちゃんを宿した熱情一夜～』　未華空央《みはなそらお》・著

フリーランスカメラマンとして働く美鈴。仕事でモルディブを訪れると、ひょんなことから外交官・大河内と出会う。異国の地で距離を縮めた2人はそのまま一夜を共に…。もう会うはずもなかったのに、帰国後、お見合いで再会して契約結婚がスタート!?　さらにはあの熱い一夜に妊娠していたことが発覚して…。

ISBN 978-4-8137-1200-8／定価715円（本体650円＋税10%）

『敏腕パイロットとの偽装結婚はあきれるほど甘くて癖になる～一生、お前を離さない～』　佐倉伊織《さくらいおり》・著

グランドスタッフの成海は、ある日超美形な整備士・月島と出会い意気投合。しかし後日空港で出会った月島は、パイロットの制服に身を包んでいて…!?　エリートパイロットの彼は、ある縁談から逃れるため成海に偽装結婚を提案。愛のない関係のはずが、独占欲を露わに甘く接してくる彼に惹かれてしまい…。

ISBN 978-4-8137-1201-5／定価726円（本体660円＋税10%）

『御曹司の激愛に身を委ねたら、愛し子を授かりました～愛を知らない彼女の婚前懐妊～』　惣領莉沙《そうりょうりさ》・著

内気でウブな菫は、ある事情から婚約中であり近々結婚をすると嘘をついていた。ある日、友人であり大企業の御曹司・黎に嘘がばれてしまい事態は急転！「菫がずっと好きだった」――黎は熱を孕んだ瞳で迫ってきて、菫を激しく求めてきて…。独占欲全開で溺愛してくる彼に戸惑う中、菫の妊娠が発覚し…!?

ISBN 978-4-8137-1202-2／定価726円（本体660円＋税10%）

『離婚するはずが、心臓外科医にとろとろに溶かされました～契約夫婦は愛焦れる夜を重ねる～』　森野《もりの》りも・著

弟の学費のために医療事務として働く凛音。ひょんなことから心臓外科医の暁斗の窮地を救うと、いきなり契約結婚を持ち掛けられて…！お金のためにと形だけの夫婦になるが、新婚初夜からベッドに縫い付けられ初めてを捧げることに。溺甘旦那様に豹変した彼に心も体も乱されていき…。

ISBN 978-4-8137-1203-9／定価704円（本体640円＋税10%）

ベリーズ文庫 2022年2月発売予定

Now Printing

『花は紅く、ありのままの君を想う～身代わりの花嫁は愛し子を身ごもりたい～』 伊月《いづき》ジュイ・著

由緒ある呉服屋の次女・椿。姉が財界の帝王の異名を持つ京蕗と政略結婚をする予定だったが蒸発。家のため、身代わりとして子供を産むことを申し出た。2人は愛を確かめぬまま体を重ねるが、椿は京蕗が熱く求めてくる様に溺れてしまい…。跡継ぎ目的のはずが、京蕗は本物の愛を見せ始めて!?

ISBN 978-4-8137-1214-5／予価660円（本体600円＋税10%）

Now Printing

『極甘パイロットに愛し尽くされて、秘密の懐妊いたしました』 花木《はなき》きな・著

グランドスタッフとして働く恋愛不器用女子の菜乃。ある日、旅行で訪れた沖縄でパイロットの椎名と出会い、思わず心の傷を共有した2人は急接近！菜乃は椎名の熱い眼差しにとろけてしまい…。その後、菜乃の妊娠が発覚。椎名はお腹の子まるごと独占欲を滾らせて…!?

ISBN 978-4-8137-1215-2／予価660円（本体600円＋税10%）

Now Printing

『一晩だけあなたを私にください』 滝井《たきい》みらん・著

田舎の中小企業の社長令嬢である雪乃は都内で働くも、かねてからの許嫁と政略結婚を強いられ、ついに結納の時が来てしまう。相手は昔、雪乃を傷つけようとした卑劣な男。初めてはせめて愛する人に捧げたいと思った雪乃は、想い人である同期で御曹司の怜に、抱いてほしいと告げ、熱情一夜を過ごし…!?

ISBN 978-4-8137-1216-9／予価660円（本体600円＋税10%）

Now Printing

『S系エリート弁護士のかりそめ花嫁』 紅《くれない》カオル・著

両親を早くに亡くした菜乃花は、幼馴染で8歳年上のエリート弁護士・京極と同居中。長年兄妹のような関係だったが、ひょんなことから京極の独占欲に火がついてしまい…!?　京極は自身の縁談を破談にするため、菜乃花に妻のフリを依頼。かりそめ夫婦のはずが、京極は大人の色気たっぷりに迫ってきて…。

ISBN 978-4-8137-1217-6／予価660円（本体600円＋税10%）

Now Printing

『愛するよりも、もっと深く～エリート外科医の秘めたる渇愛～』 皐月《さつき》なおみ・著

伯父一家の養女として暮らす千春は、患っていた心臓病を外科医の清司郎に治してもらう。退院したある日、伯父に無理やりお見合いさせられそうなところを彼に助けてもらうが、彼にもある理由から結婚を迫られ…！　愛のない夫婦生活が始まるはずが、清司郎から甘さを孕んだ独占欲を注がれて!?

ISBN 978-4-8137-1218-3／予価660円（本体600円＋税10%）

タイトル、価格等は変更になることがございますのでご了承ください。